VISUELLE BIBLIOTHEK
KLASSIKER FÜR KINDER

20.000 Meilen unter dem Meer

Eine gekürzte Fassung für Kinder ab 10 Jahren

Die Deutsche Bibliothek – CIP-Einheitsaufnahme

20000 Meilen unter dem Meer : [eine gekürzte Fassung für Kinder ab 10 Jahren] / Jules Verne. Neu erzählt von Ron Miller. Ill. von Paul Wright. [Aus dem Engl. von Sabine Rahn und Margot Wilhelmi. Red. Bearb. der dt.-sprachigen Ausg. von Sylke Hachmeister]. – Hildesheim : Gerstenberg, 1999
(Visuelle Bibliothek)
Einheitssacht.: 20000 leagues under the sea <dt.>
ISBN 3-8067-4750-4

Ein Dorling-Kindersley-Buch
Originalausgabe: Eyewitness Classics: 20,000 Leagues Under The Sea

Lektorat: Natascha Biebow, Alastair Dougall, Marie Greenwood
Layout und Gestaltung: Kim Browne, Jacquie Gulliver, Mark Regardsoe, Tanya Tween, Sarah Williams
Herstellung: Katy Holmes, Steve Lang
Bildrecherche: Catherine Costelloe
Recherchen: Fergus Day

Gesetzt nach neuer Rechtschreibung
Aus dem Englischen von Sabine Rahn, Einhausen, und Margot Wilhelmi, Sulingen
Redaktionelle Bearbeitung der deutschsprachigen Ausgabe von Sylke Hachmeister, Brühl

Satz bei Gerstenberg Druck GmbH, Hildesheim
Printed in Italy
ISBN 3-8067-4750-4

20.000 Meilen unter dem Meer

Jules Verne

Neu erzählt von Ron Miller

Illustrationen von Paul Wright

Gerstenberg Verlag

INHALT

Die Nautilus

Käpten Nemo

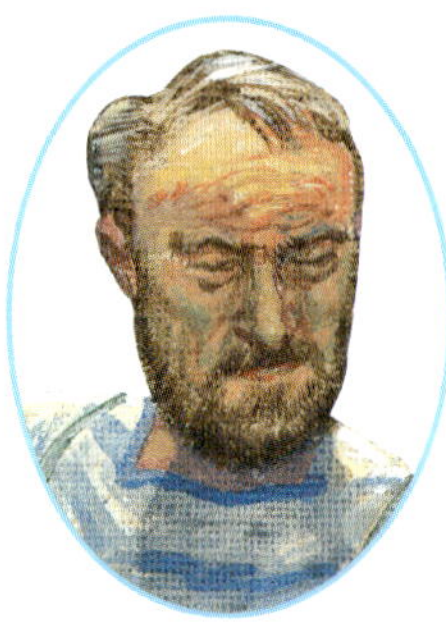

Ned Land

Conseil

Professor Aronnax

Vorwort

Jules Verne war ein Visionär, dessen Ideen ganze Generationen von Menschen in ihren Bann gezogen haben. Mit seinen außergewöhnlichen Abenteuerromanen hat er seine Leser in alle Ecken der Welt geführt – von den Tiefen der Meere bis zum Mittelpunkt der Erde und sogar ins Weltall.

Seit seiner ersten Veröffentlichung 1870 hat *20.000 Meilen unter dem Meer*, die Geschichte des phantastischen U-Boots *Nautilus*, des geheimnisvollen Käpten Nemo und der erstaunlichen Unterwasserwelt Leser in aller Welt begeistert.

Verne war fasziniert von Wissenschaft und Technik. Und eine der Stärken seiner Geschichten besteht zweifellos darin, dass sie auf gründlich recherchierten Tatsachen beruhen. Angeregt von den U-Boot-Erfindungen des 19. Jahrhunderts nimmt die *Nautilus* moderne technische Entwicklungen, z.B. beim Atom-U-Boot, vorweg. Tatsächlich liegen vielen von Vernes phantastischen Maschinen so brauchbare Ideen zugrunde, dass viele Erfinder versuchten diese Maschinen wirklich zu bauen.

Diese Ausgabe aus der Reihe VISUELLE BIBLIOTHEK ist eine Überarbeitung von Vernes Roman für junge Leser. Sie ist so spannend wie der ursprüngliche Roman, aber der Text wurde durch viele Karten von der *Nautilus* und der Reise der Helden sowie durch Fotografien und Diagramme ergänzt, die den Lesern die erstaunliche Unterwasserwelt der *Nautilus* näher bringen und viele zusätzliche Informationen über U-Boote, Tauchen und Ozeanographie liefern.

Also, willkommen an Bord der *Nautilus*. Macht euch auf die spannendste Reise aller Zeiten gefasst: 20.000 Meilen rund um die Welt!

Die Reise

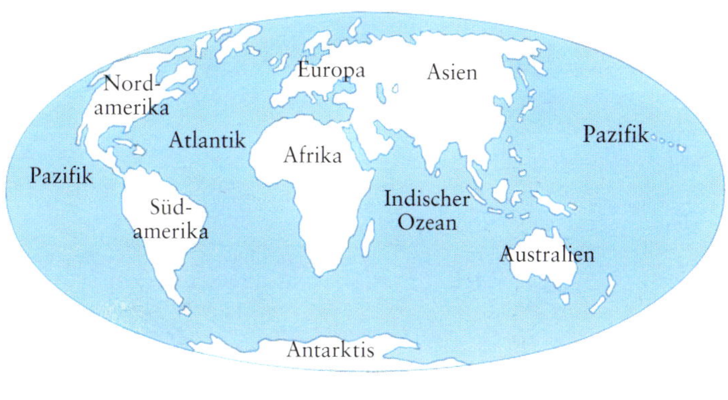

Behalte diese Karte im Laufe der Geschichte im Auge. Sie zeigt die Reiseroute der Personen und die Entfernungen, die sie zurücklegen.
1 »Meile« (nicht zu verwechseln mit dem noch heute im englischsprachigen Raum gebräuchlichen Längenmaß) = 3 Seemeilen = 5,6 km

Die Scotia
Vor der Erfindung des Flugzeugs konnte man nur mit Passagierschiffen den Atlantik überqueren. Um 1866 war die *Scotia* das schnellste und bekannteste Schiff.

1. Kapitel

Jagd auf das Ungeheuer

1866 war ein bemerkenswertes Jahr. Schiffe hatten auf dem Meer ein geheimnisvolles »Ding« gesichtet, ein längliches, spitzes, leuchtendes Etwas, das sich mit einer unglaublichen Geschwindigkeit fortbewegte. Alle sprachen davon, sämtliche Zeitungen schrieben darüber und Wissenschaftler in der ganzen Welt überlegten, was für ein »Seeungeheuer« das wohl sein könnte. Die meisten von ihnen waren sich darüber einig, dass es ein unbekanntes Tier sein müsse, vielleicht eine besondere Walart. Der Gedanke, es könnte ein U-Boot sein, wurde als lächerlich abgetan. Wer hätte so etwas bauen sollen? Das würde die Möglichkeiten jedes Landes überschreiten, abgesehen davon, dass man ein solches Unterfangen gar nicht geheim halten könnte.

Erst als ein Passagierschiff, die *Scotia* der berühmten Cunard Reederei, von dem Ungeheuer gerammt wurde, nahmen die Leute die Sache plötzlich ernst. Ein riesiges Loch war in die Schiffsseite gerissen worden und die *Scotia* hatte es gerade noch zurück in den Hafen geschafft. Als man sie zum Reparieren aus dem Wasser schleppte, wurde die Sache noch geheimnisvoller. Das Loch war ein glattes Dreieck – als wenn das Schiff von einer Maschine gerammt worden wäre. Welches Tier könnte so etwas tun? Was immer es war, es war gefährlich. In der Öffentlichkeit, unter den Schiffseignern und Versicherungsgesellschaften wurde lautstark gefordert, die amerikanische Regierung müsse etwas gegen diese Bedrohung unternehmen.

So standen die Dinge, als ich in New York ankam. Da ich gerade ein Buch über das Meer geschrieben hatte, wollte eine Zeitung meine Ansicht über das »Seeungeheuer« hören. Ich sagte, meiner Meinung nach habe ein riesiger Narwal die *Scotia* mit seinem Stoßzahn gerammt. Dieses Interview trug dazu bei, die Regierung von der Existenz dieser Kreatur zu überzeugen, und es wurde beschlossen die Fregatte *Abraham Lincoln*

Sämtliche Zeitungen schrieben über das geheimnisvolle leuchtende Objekt, das im Meer gesichtet worden war.

In meinem Hotelzimmer lasen Conseil und ich die erschütternde Nachricht, dass die Scotia *gerammt worden war.*

unter dem Kommando des berühmten Kapitän Farragut auf die Suche nach dem Ungeheuer zu schicken. Ich dachte nicht weiter an die Angelegenheit – mein Assistent Conseil und ich packten gerade unsere Koffer, um nach Paris zurückzukehren –, als ich überraschend folgenden Brief erhielt:

An Mr. Aronnax, Professor am Pariser Naturkundemuseum, Fifth Avenue Hotel, New York

Sir, ich hoffe, Sie werden einwilligen die Expedition der *Abraham Lincoln* zu begleiten. Käpten Farragut hält eine Kabine für Sie bereit.

Hochachtungsvoll J. B. Hobson, Marinesekretär

Narwal
Aronnax vermutet, dass ein gigantischer Narwal das Loch in die *Scotia* gestoßen hatte. Der Narwal ist mit der Beluga verwandt und lebt in arktischen Gewässern. Das Männchen hat bis zu 3 m lange Stoßzähne.

US Marinefregatte
In Vernes Erzählung bedroht das »Seeungeheuer« die nationale Sicherheit, sodass die US-Regierung ein Kriegsschiff aussendet, um es zu töten. Sein Kommandant, Kapitän Farragut, war ein wirklicher Kriegsheld im amerikanischen Bürgerkrieg (1861–65).

Conseil und ich sowie der berühmte kanadische Harpunierer Ned Land verließen also den New Yorker Hafen an Bord der US-Marinefregatte *Abraham Lincoln*.

Wenn irgendjemand das Ungeheuer finden würde, dann war es Käpten Farragut. Entweder würde er den Narwal töten oder der Narwal ihn. Eine andere Möglichkeit gab es nicht.

Kurz bevor wir New York verließen, hatte das Ungeheuer erneut im Pazifik zugeschlagen. Also machten wir uns auf den Weg dorthin. Zuerst führte uns die Reise an der Ostküste Südamerikas hinunter und durch die gefährlichen Gewässer des Kap Hoorn. Als die *Abraham Lincoln* dann die ruhigen Gewässer des Pazifik erreicht hatte, kreuzten wir monatelang umher, ohne das Ungeheuer zu Gesicht zu bekommen. Wo war es?

Nach drei Monaten wurde die Crew ungeduldig und es gab viel Nörgelei. Der Käpten setzte 2000 Dollar für denjenigen aus, der das Ungeheuer als Erster sehen würde. Doch auch das verbesserte weder die Stimmung noch das Sehvermögen der Crew. Ich freundete mich mit Ned an, einem mutigen und tatkräftigen Mann. Conseil und ich verbrachten die Tage damit, uns mit ihm darüber zu streiten, was für ein Wesen das Ungeheuer sein mochte. Ned, ein erfahrener Walfänger, wollte nicht an meine Theorie glauben, dass es ein riesiger Narwal sei. Ich versuchte ihm zu beweisen, dass das doch möglich sei, aber er sagte nur: »Pah, Sie werden mich niemals davon überzeugen, dass ein Narwal ein Loch in ein stählernes Schiff schlagen kann!«

Schließlich verkündete der Käpten, dass er nach New York zurückkehren werde, falls sich das Ungeheuer in den nächsten drei Tagen immer noch nicht zeigen würde.

Nach zwei Tagen sahen wir immer noch nichts als den weiten Ozean. Aber als Conseil und ich am Abend des dritten

New Yorker Hafen um 1875

Der New Yorker Hafen
Der Hafen von New York ist ein wichtiger Hafen in Amerika.

Route der *Abraham Lincoln*

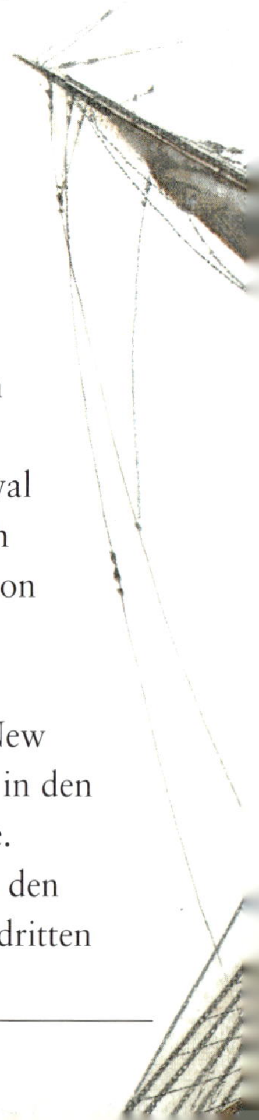

Tages über der Steuerbordreling lehnten, hörten wir Ned aus dem Ausguck rufen: »Ahoi! Da ist das Ding!«

Nicht weit von unserem Schiff sahen wir ein seltsames Glühen im Wasser. Plötzlich schossen zwei Wasserfontänen hoch und ich war sicher, dass ich Recht hatte, denn das Ungeheuer blies wie ein Wal.

Während Ned mit seiner Harpune auf den Bugspriet kletterte, um besser zielen zu können, befahl der Käpten eine Kanone abzufeuern. Ich sah, wie die Kugel von dem glänzenden schwarzen Rücken des Ungeheuers abprallte. Da wandte sich plötzlich die Kreatur um und stürzte auf uns zu. Ich sah, wie Ned seine Harpune schleuderte. Dann gab es einen unglaublichen Aufprall und ich wurde über Bord geschleudert. Das Letzte, woran ich mich erinnere, ist, dass das Wasser über mir zusammenschlug.

Harpune
Zur Zeit dieser Geschichte war der Walfang ein wichtiger Wirtschaftszweig. Wale wurden wegen ihres Öls und ihrer Knochen von Harpunierern wie Ned gejagt. Als Harpunierer ist Ned eine der Schlüsselfiguren in dem Team, das das Ungeheuer töten soll.

Ned stand am Bugspriet und zielte mit seiner Harpune auf das Ungeheuer.

Ich wäre ertrunken, wenn Conseil mir nicht hinterhergesprungen wäre und mich an die Wasseroberfläche gezogen hätte. Ich sah mich nach der *Abraham Lincoln* um und zu meinem Schrecken sah ich, wie sie sich langsam entfernte.

»Warum retten sie uns nicht?«, rief ich.

»Steuer und Schiffsschraube sind gebrochen«, erwiderte Conseil. »Sie können nichts machen.«

»Dann sind wir verloren!« Stundenlang trieben wir in der Dunkelheit und versuchten uns gegenseitig über Wasser zu halten. Gegen ein Uhr nachts überkam mich eine grenzenlose Müdigkeit. Ich bat Conseil sich zu retten, aber er weigerte sich seinen Herrn zu verlassen. Dennoch wusste ich, dass er mich nicht viel länger würde halten können. Ich hatte schon fast jede Hoffnung für uns beide aufgegeben, als ich eine Stimme zu hören glaubte.

»Hast du das gehört, Conseil?«

»Ja, da ruft jemand.«

Conseil schleppte mich in Richtung der Stimme. Meine Hände stießen an etwas Hartes. Ich schaute auf und sah ein bekanntes Gesicht. Es war Ned!

Einen Augenblick später hatte er uns aus dem Wasser gezogen.

»Worauf stehen wir hier eigentlich?«, fragte ich.

»Auf Ihrem Narwal«, entgegnete er. »Einem Narwal aus purem Stahl!«

Ich sah hinunter. Die schwarze Oberfläche, auf der wir standen, war aus glattem, poliertem, vernietetem Stahl. Das Ungeheuer war eine Art Maschine!

»Wenn das hier ein U-Boot ist«, sagte ich, »muss es auch eine Crew geben.«

»Dann sind wir gerettet!«, rief Conseil.

»Da wär ich mir nicht so sicher«, sagte Ned und blickte zu der Luke hinüber, die sich plötzlich öffnete. Einige maskierte Männer erschienen und zwangen uns ihnen in ihr geheimnisvolles Boot zu folgen.

Wir wurden zu einer Zelle geführt und eingesperrt. Das einzige Licht kam von einer hell leuchtenden Halbkugel an der Decke.

»Zumindest können wir etwas sehen«, bemerkte Ned.

»Aber über alles andere tappen wir noch im Dunkeln«, sagte ich.

»Nun, ich habe mein Bowiemesser und kann genug sehen, um es zu benutzen«, erwiderte Ned.

Ich hörte, wie die Tür entriegelt wurde. »Tu nichts Unüberlegtes, Ned«, warnte ich.

Piraten
Ned glaubt, sie seien Piraten in die Hände gefallen, die gemeinhin für ihre Grausamkeit bekannt waren. Eingesperrt in eine Eisenzelle und ohne die Sprache ihrer Gefängniswärter zu sprechen, sind sie der Gnade des Kapitäns ausgeliefert.

Ein Steward kam in unsere Zelle und brachte ein Tablett. Ich sprach ihn auf Französisch an, aber er antwortete nicht. Ned versuchte es mit Englisch, Conseil mit Deutsch, aber der Mann reagierte nicht. Ein anderer Mann brachte trockene Kleider, während der schweigsame Steward den Tisch für uns deckte.

»Was glaubt ihr, was das ist?«, fragte ich und deutete auf die dampfenden Speisen.

»Haifischsteak«, vermutete Ned.

Was es auch sein mochte, es sah köstlich aus und wir aßen, als wären wir am Verhungern.

Auf dem Silberbesteck fiel mir ein seltsames Wappen auf, ein »N« mit den lateinischen Worten »Mobilis in Mobile«. Das war sicher das Motto des U-Boot-Käpitäns.

Nachdem unser Hunger gestillt war, überkam uns alle eine seltsame Müdigkeit. Während ich noch überlegte, ob man uns wohl etwas unters Essen gemischt hätte, fiel ich in einen tiefen Schlaf. Als ich aufwachte, kam eine Brise frischer Seeluft durch eine Luke über der Tür. Ich atmete tief ein und sah mich in unserer eisernen Zelle um. Wir schienen nicht viel mehr tun zu können, als unsere missliche Lage zu besprechen. Der hitzige Ned beklagte sich bitterlich – er beschwerte sich sogar, dass Conseil sich nicht beklagte.

»Was nützt uns das Klagen?«, fragte Conseil.

»Es tut gut sich zu beklagen. Dann macht man wenigstens etwas! Wenn diese Piraten glauben, sie können mich noch lange in dieser Eisenschachtel einlochen, werden sie sich aber umgucken! Wie steht es mit Ihnen, Professor?«

Wir alle erstarrten beim Klang einer durchdringenden Stimme.

»Ich glaube, wir sind hier in ein Geheimnis geraten, das wir nicht entdecken sollten. Und irgendjemandem ist dieses Geheimnis vielleicht mehr wert als unser Leben.«

»Es sei denn, dieser Jemand nimmt uns in seine Crew auf«, wandte Conseil ein.

»Oder ein anderes Kriegsschiff schafft es, dieses Piratennest zu versenken«, meinte Ned. »Und wir können doch etwas tun!«

»Was?«, fragte ich.

»Fliehen!«

»Aus einem Gefängnis auszubrechen ist schon schwierig genug, aber aus einem Unterwassergefängnis ...«

»Nun«, sagte Ned, »wir müssen einfach das Schiff übernehmen!«

»Unmöglich!«, rief ich.

»Das werden wir ja sehen!«

»Ich kenne dein Temperament, Ned. Versprich mir, dass du den richtigen Moment abwartest – sonst machst du alles nur noch schlimmer!«

»Versprochen!«, sagte Ned, aber das beruhigte mich nicht. Stunden vergingen und wir wurden immer hungriger, denn seit dem vergangenen Tag hatten wir nichts zu essen bekommen. Ned wurde immer wütender und ich fürchtete, er würde bei seinem nächsten Zusammentreffen mit der Crew sein Versprechen vergessen.

Dann hörten wir Schritte draußen auf dem Flur, ein Schlüssel wurde umgedreht und der Steward trat wieder in unsere Zelle. Ehe ich es verhindern konnte, warf Ned den Mann zu Boden und packte ihn bei der Kehle. Conseil versuchte Ned zurückzuziehen und auch ich wollte dem Steward gerade zu Hilfe eilen, als wir alle beim Klang einer durchdringenden Stimme erstarrten.

»Beruhigen Sie sich, Mr. Land, und Sie, Professor Aronnax, hören mir bitte zu.«

Es war der Kapitän des U-Bootes, der da gesprochen hatte.

***Das Motto der* Nautilus**
Dieses lateinische Motto ist der erste Anhaltspunkt der Freunde über das geheimnisvolle U-Boot. »Mobilis« bezeichnet etwas Bewegliches – das U-Boot. »In mobile« bedeutet »in Bewegung« – die See. Aronnax fragt sich, was das »N« in dem Halbkreis bedeuten könnte.

Kunstschätze
Nemos Salon, der Ähnlichkeit mit diesem aus dem 19.Jh. haben könnte, beherbergt eine Sammlung wertvoller Gemälde und Bücher. Nemo teilt Vernes Interesse an Technik, Musik und Naturkunde.

Krebs

Seestern

Koralle

Schnecke

Naturschätze
In seinem Salon hat Nemo in Schaukästen Pflanzen und Tiere des Meeres ausgestellt. Aronnax bewundert sie, da solche Exponate in Europa zu dieser Zeit selten und wertvoll waren.

Käpten Nemo
Der Kapitän der *Nautilus* nennt sich »Nemo«, was »niemand« bedeutet. Er möchte seine Identität geheim halten.

2. Kapitel

DIE NAUTILUS

Der Kommandant der *Nautilus* war ein hoch gewachsener Mann mit breiter Stirn und weit auseinander stehenden schwarzen Augen. Mit verschränkten Armen sah er uns ruhig an. »Sie bedrohen die Existenz eines Mannes, der alle Brücken zur Menschheit abgebrochen hat.«

»Ohne Absicht!«, rief ich.

»War es keine Absicht, dass die *Abraham Lincoln* auf mich geschossen hat?«

»Wir haben Sie für ein Seeungeheuer gehalten.«

»Und wenn Sie gewusst hätten, dass es ein Unterseeboot ist?«

Als ich schwieg, fuhr er fort: »Sie begreifen also, dass ich das Recht habe Sie als Feinde zu behandeln?«

»Aber Sie sind doch ein zivilisierter Mann, Sir!«

»Professor«, erwiderte der Käpten verärgert, »ich bin keinesfalls, was Sie zivilisiert nennen. Ich habe mit der Gesellschaft und ihren Gesetzen gebrochen. Trotzdem, Sie dürfen die Freiheit der *Nautilus* genießen.«

»Hier gibt es nicht mehr Freiheit als in einem Gefängnis!«, schrie Ned.

»Das muss Ihnen reichen, Mr. Land. Professor«, sagte der Käpten an mich gewandt, »ich kenne Ihre Arbeit und respektiere sie, aber Sie wissen längst nicht alles. Ich verspreche Ihnen, dass Sie Ihren Aufenthalt auf der *Nautilus* nicht bereuen werden. Sie werden das Reich der Wunder kennen lernen.«

»Sie wissen, wie wir heißen, Sir. Wie dürfen wir Sie nennen?«, fragte ich.

»Sie können mich Käpten Nemo nennen.«

Der Käpten lud mich zum Frühstück in seine Gemächer ein. Ich ließ meine Gefährten mit ihrem Frühstück allein und folgte meinem Gastgeber über einen langen Korridor in ein wundervolles Speisezimmer. Alle Speisen auf dem Tisch stammten aus dem Meer. Wir aßen und dann erzählte mir der Kapitän von sich und seinem wundervollen Schiff.

»Das Meer versorgt mich mit allem, was ich brauche«, sagte er.

»Nur hier gibt es wahre Unabhängigkeit. Hier gibt es keine Herren! An der Oberfläche regieren die Menschen, doch hier haben sie keine Macht. Hier bin ich frei.«

Nemo bedeutete mir ihm zu folgen. »Die Einzelteile der *Nautilus* wurden in verschiedenen Ländern hergestellt und auf einer einsamen Insel zusammengefügt. Hier ist der große Salon – ein Museum mit Schätzen aus Kunst und Natur. Meine Bibliothek umfasst 12.000 Bücher. Das sind die letzten Erinnerungsstücke an eine Welt, die für mich gestorben ist.« Nemo zeigte mir die Pläne der *Nautilus*. Seine Kabine war im Bug, dann kamen der Salon, die Bibliothek und der Speisesaal, die Zelle, in der wir gefangen gehalten wurden, die Küche und die Quartiere der Crew. Der Maschinenraum war im Achterschiff. Die *Nautilus* wurde durch Elektrizität angetrieben und durch Instrumente in der Kabine Käpten Nemos und im Steuerraum kontrolliert.

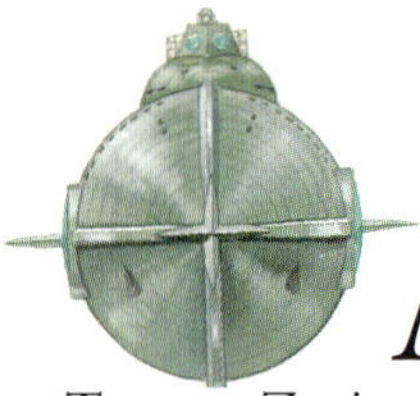

Bau der Nautilus

Als Jules Vernes *20.000 Meilen unter dem Meer* 1870 erschien, galt die *Nautilus* als unerfüllbarer Traum. Zu jener Zeit suchte man nach Möglichkeiten ein Unterseeboot anzutreiben und lange Zeit unter Wasser zu halten. Verne benutzte die neuesten wissenschaftlichen Erkenntnisse und erfand für sein Super-U-Boot noch einiges dazu. Die *Nautilus* konnte einem unglaublichen Wasserdruck standhalten, bis zu zwei Tage unter Wasser bleiben und alles wurde elektrisch angetrieben – zu Vernes Zeiten unmöglich.

Daten der Nautilus

- Bug-Heck-Länge: 70 m, Breite: 8 m
- Gewicht: 1500 Tonnen.
- Wenn die *Nautilus* auftaucht, ragt nur ein Zehntel von ihr aus dem Wasser.
- Die *Nautilus* kann 16.000 m tief tauchen und hält einem Wasserdruck von etwa 16 t/cm² stand. Das entspricht 11 Elefanten auf einem Essteller.

Die zigarrenförmige *Nautilus* gleitet leicht durchs Meer.

Navigation

Nemo überwacht die Position der *Nautilus* mit seinen Instrumenten. Wie alle Navigatoren des 19.Jh.s benutzt er Seekarten, Kompass, Chronometer (eine sehr genaue Uhr) und Sextanten. Ein Barometer dient zur Schlechtwetterwarnung.

Kompass

Durch Messung des Sonnenstandes ermittelt der Kapitän den Breitengrad. Die Abgleichung der Ortszeit mit der Zeit von Greenwich (Nullmeridian) auf dem Chronometer verrät den Längengrad. Wo sich beide Linien (auf der Karte eingetragen) kreuzen, liegt das Schiff.

Sextant

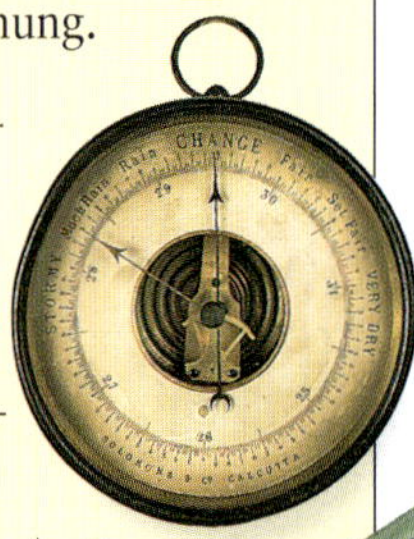

Barometer

Rammsporn

Mit dem Stahlsporn kann die *Nautilus* – ähnlich wie die Kriegsschiffe der alten Griechen – ein feindliches Schiff versenken.

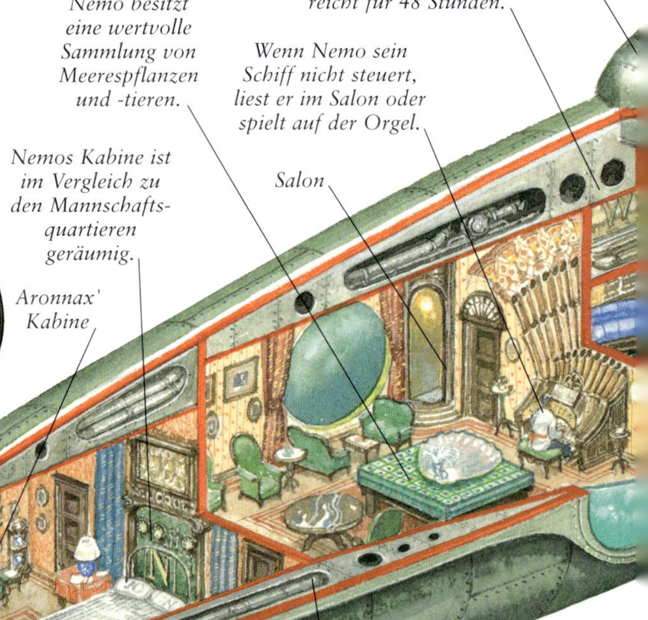

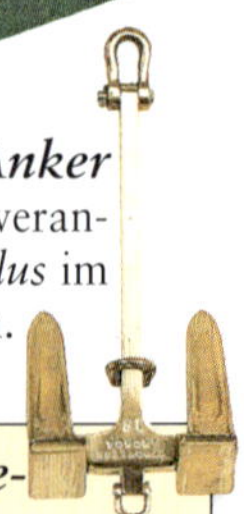

Anker

Der Anker verankert die *Nautilus* im Meeresboden.

Unter Wasser leben

Zu Vernes Zeit war es unmöglich, wie Kapitän Nemo unter Wasser zu leben. Erst 1962 gelang es einem Team französischer Wissenschaftler unter Führung von Jacques Cousteau, eine Woche in einem eigens dafür konstruierten Unterwasserhaus zu verbringen.

Unterseestation

Hier werden die Meereslebewesen und die Auswirkungen, die das Leben unter Wasser auf den Menschen hat, erforscht.

Auf- und Abtauchen

Tauchen
In die Ballasttanks gepumptes Wasser macht das U-Boot schwerer, sodass es sinkt.

Zum Tauchen lässt Nemo die Ballasttanks der *Nautilus* – Räume zwischen der Innen- und der Außenhülle – mit Meerwasser fluten. Zum Auftauchen wird das Wasser mittels elektrischer Pumpen wieder aus den Tanks gepumpt; diese werden mit Druckluft gefüllt. Über bewegliche Seitenflossen lässt sich der Steigwinkel regeln.

Auftauchen
Pumpt man Wasser aus den Tanks, wird das U-Boot leichter und steigt auf.

Schraube
Die von einem starken Elektromotor angetriebene Schiffsschraube treibt die *Nautilus* vorwärts oder rückwärts.

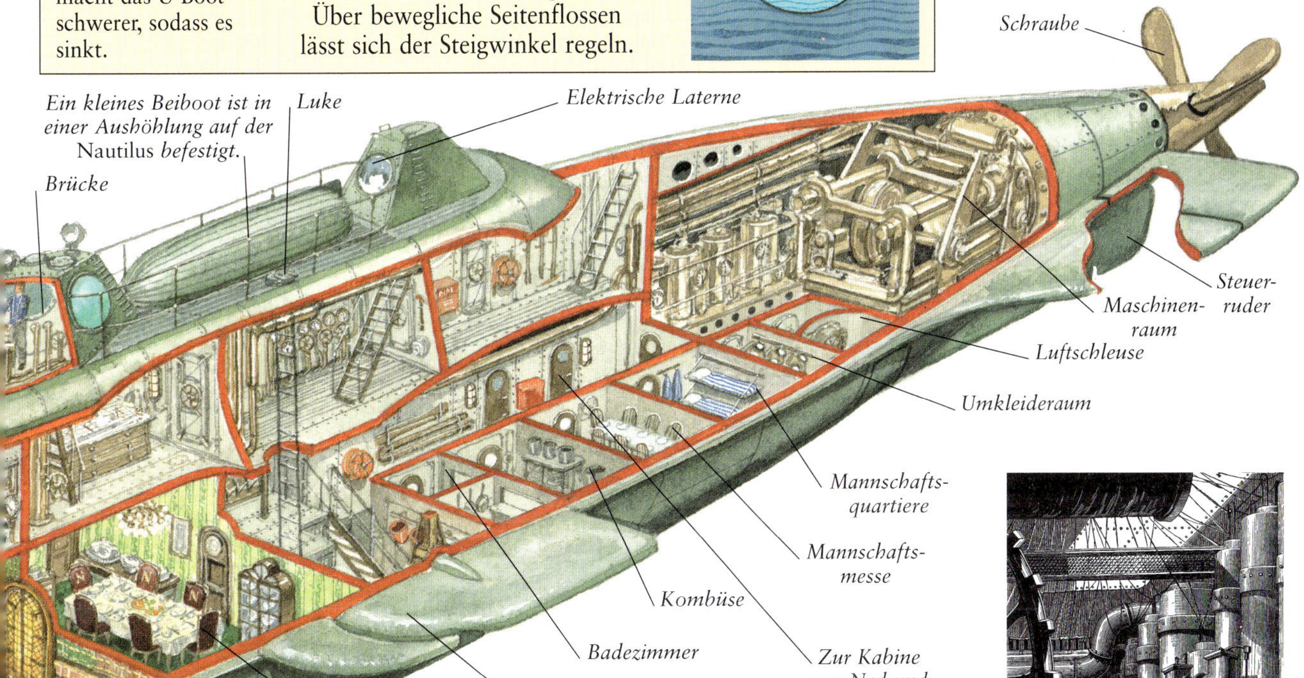

Nahrung aus dem Meer
Aronnax schwärmt von den Meeresfrüchten an Bord der *Nautilus*. Forschungsarbeiten haben jedoch ergeben, dass Nahrung unter Druck Farbe und Konsistenz verändert und an Geschmack verliert.

Ausstieg durch die Luftschleuse

Damit beim Ein- und Aussteigen kein Wasser ins U-Boot gelangt, benutzen Taucher eine Luftschleuse. Zuerst ziehen sie ihre Taucheranzüge an, dann steigen sie in die Schleusenkammer und schließen die Lukenklappe. Die Schleuse füllt sich nun mit Meerwasser.

Der Taucher betritt die Luftschleuse. Die Tür zum Umkleideraum wird fest verschlossen. | Der Taucher wartet, während eine elektrische Pumpe die Schleuse mit Wasser füllt. | Nun kann der Taucher die Außenluke öffnen und das U-Boot verlassen.

Alles elektrisch
Die *Nautilus* läuft mit Strom aus dem Meer. Nemo baut am Meeresgrund Kohle ab, mit der er Meerwasser erhitzt, um ihm Natriumchlorid (Kochsalz) zu entziehen. In Verbindung mit Quecksilber dient es in Bunsenelementen (Batterien) der Stromerzeugung. Mit diesem Strom wird auf der *Nautilus* alles betrieben: Beleuchtung, Trinkwasseraufbereitung, Küchengeräte und die Pumpen, die die Tanks mit Luft füllen.

Der Käpitän ließ mich im Salon allein, wo sich alsbald Ned und Conseil zu mir gesellten. »Wo bin ich hier?«, fragte Ned. »Im Museum von Quebec?«

»Sieht eher aus wie ein Grandhotel«, fand Conseil.

»Weder noch, Freunde«, widersprach ich. »Ihr seid an Bord des U-Bootes *Nautilus*, fünfzig Meter unter der Wasseroberfläche.«

Conseil als leidenschaftlicher Wissenschaftler wandte sich sofort den vielen ausgestellten seltenen Tieren zu, während Ned ein viel größeres Interesse an unserem Gastgeber hatte: Wo kam er her? Wer war er? Wohin brachte er uns?

»Ich kann dir auch nur das Wenige sagen, das ich weiß, Ned. Käpten Nemo ist ein unglaublich reicher Mann, der aus mir unbekannten Gründen beschlossen hat der Zivilisation den Rücken zu kehren. Dafür hat er dieses Boot gebaut, eine Mischung aus Museum und Palast. Er muss wirklich ein großer Wissenschaftler und Ingenieur sein. Die *Nautilus* ist ein Meisterwerk und mir für meinen Teil tut es nicht Leid, sie gesehen zu haben. Viele Menschen würden gern an unserer Stelle sein, um diese wundervollen Dinge mit eigenen Augen zu sehen. Wir müssen einfach das Beste aus unserer Lage machen. Wir werden sehen, was passiert.«

»Sehen? Wie sollen wir in diesem eisernen Gefängnis irgendetwas sehen? Wir fahren völlig blind!«, rief Ned aus.

Kaum hatte er das gesagt, als plötzlich alle Lichter ausgingen und wir im Dunkeln standen. Schweigend warteten wir, was kommen würde. Wir hörten ein gleitendes Geräusch und eine Wand öffnete sich. Helles Licht strömte in den Raum.

»Das ist unser Ende!«, schrie Ned.

Aber ich sah, dass uns eine dicke Glaswand vom Wasser trennte. Was für ein Schauspiel! Ganze zwei Stunden bewegte sich die *Nautilus* durch alle erdenklichen Fischschwärme, hell erleuchtet von den starken Scheinwerfern des U-Bootes. Ich war ganz verzückt von dieser Vielfalt, Schönheit und Farbenpracht. Ned, der nur ein Interesse an den Fischen hatte, die man essen konnte, und Conseil, der die Fische vor allem unter wissenschaftlichem Aspekt sah, wetteiferten mit ihrem Wissen.

»Schau! Da ist ein chinesischer Drückerfisch!«, sagte Ned.

»Familie der Balistidae, Ordnung der Haftkiefer, Klasse Knochenfische«, sagte Conseil. »Wie in einem Aquarium!«

»Nein«, widersprach ich, »ein Aquarium ist immer eine Art Käfig, diese Fische hier dagegen sind so frei wie die Vögel am Himmel!«

Viel zu schnell gingen die Lichter im Salon wieder an und die Wand schob sich zurück.

*Was für ein Schauspiel!
Direkt vor dem Salonfenster
schwammen unzählige
der erstaunlichsten
Fische.*

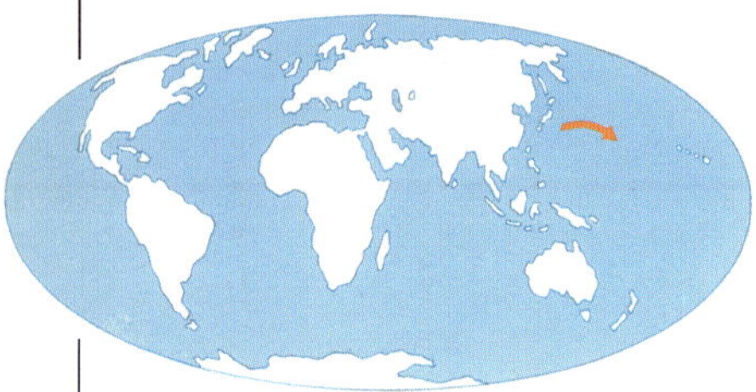

1200 Meilen

3. Kapitel

Ein Unterwasser-spaziergang

Die Tage vergingen, ohne dass wir Käpten Nemo sahen. Wir bekamen gut zu essen und erfreuten uns der kleinen Freiheiten, die man uns gestattete. Ich konnte mich nicht beklagen. Wann immer die *Nautilus* auftauchte, gingen wir an Deck und genossen die Aussicht und die frische Seeluft. Und im Salon gab es genug zu sehen, um mich auf Jahre hinaus zu beschäftigen. Fast eine Woche darauf fand ich eine Nachricht in meiner Kabine.

An Professor Aronnax, *16. November 1867*
an Bord der Nautilus,

Käpten Nemo lädt den Professor und seine Gefährten zu einem Jagdausflug ein. Morgen in den Wäldern der Insel Crespo.

Käpten Nemo, Kommandant der Nautilus

»Eine Jagd!«, rief Ned, als ich ihm den Brief zeigte.

»Also geht der Käpten doch ab und zu an Land!«, sagte Conseil.

Ich warf einen Blick auf Nemos Karte. »Wenn er an Land geht, so sucht er sich zweifellos die allereinsamste Insel dafür aus!«

»Ich werde auf jeden Fall die Chance zur Flucht nutzen!«, sagte Ned.

Am nächsten Morgen lud mich der Käpten zum Frühstück ein. Ich fragte, warum er an Land gehe.

»Professor«, erwiderte er, »ich jage in Unterwasserwäldern.«

»In Unterwasserwäldern? Wie soll das gehen?«, fragte ich.

»Zu Fuß«, erwiderte Nemo. »Wenn Sie mir folgen wollen.«

Verwirrt folgte ich Nemo in den hinteren Teil des U-Bootes, wo Ned und Conseil schon warteten. Nemo zeigte uns spezielle Tauchanzüge mit Behältern voller Pressluft. An den Behältern befanden sich Regler, die eine normale Atmung ermöglichten. Wir bekamen elektrische Lampen und mit Glaskugeln geladene Gewehre.

Conseil und ich kletterten in unsere Anzüge, doch Ned weigerte sich strikt an einer Unterwasserjagd teilzunehmen. Er war enttäuscht, dass sich nun doch keine Gelegenheit zur Flucht bot.

Tiefseeforschung

Um 1870 gab es schon Taucheranzüge, mit deren Hilfe man auf dem Meeresgrund arbeiten konnte. Doch noch galt es bessere Möglichkeiten zu finden, damit Taucher unter Wasser atmen konnten, nicht vom Wasserdruck zerquetscht wurden oder an der Taucherkrankheit starben. Vernes Romanfiguren bewegen sich frei am Meeresgrund. In Wirklichkeit wurde das erst im 20.Jh. möglich.

Halleys Taucherglocke
Die ersten Tauchhilfen waren Taucherglocken. Die Taucher atmeten die darin »gefangene« Luft. Durch zusätzliche luftgefüllte Fässer verlängerte Edmund Halley die Tauchzeit 1690 auf 90 Minuten.

Luftschlauch führt zum Boot

Der Siebe-Anzug
1837 erfand August Siebe den ersten geschlossenen Taucheranzug. Luft mit dem richtigen Druck wurde von einem Boot in den Helm gepumpt. Mit einem Siebe-Anzug konnte man bis zu zwei Stunden in 60 m Tiefe verbringen.

Taucheranzug von Denayrouze & Rouquayrol (1864)

Denayrouze-Rouquayrol-Taucheranzug

Vorbild für Nemos Taucheranzug war eine Erfindung von Denayrouze und Rouquayrol von 1864. Aus einem mit Pressluft gefüllten Metalltank auf dem Rücken des Tauchers wurde beim Einatmen über einen Mechanismus Luft mit dem richtigen Druck abgegeben. Nicht mehr auf Luft aus einem Boot angewiesen hatte der Taucher mehr Bewegungsfreiheit.

Unterwasserlaterne
Verne benutzte seine Kenntnisse über den elektrischen Strom und Unterwasser-Öllampen (Abb.) für die Erfindung von Nemos Unterwasserlaterne. Eine weite Verbreitung fand elektrisches Licht erst ab etwa 1880.

Tiefseeanzug
Der 1968 erfundene, nach seinem Erfinder JIM benannte neuartige JIM-Taucheranzug sorgt für einen konstanten atmosphärischen Druck innerhalb des Anzugs. Das erspart lange Dekompressionszeiten. Der Anzug hält dem Wasserdruck in bis zu 450 m Tiefe stand.

Das Gestell trägt den Anzug außerhalb des Wassers.

Gefährlicher Druck

Je tiefer man taucht, desto stärker wird der Druck des Wassers auf die Lungen. Zum Atmen benutzen Taucher heute daher meist Pressluft (Druckluft). Sie müssen langsam auftauchen oder sich erst in einer Dekompressionskammer wieder an den normalen Druck gewöhnen. Sonst perlt der Luftstickstoff in ihrem Blut aus und sie bekommen eine Stickstoffembolie (Taucherkrankheit).

Aqualunge
1943 erfanden Jacques Cousteau und Emile Gagnan die Aqualunge (auch SCUBA = Self-Contained Underwater Breathing Apparatus), die Taucher automatisch mit Pressluft aus auf den Rücken geschnallten Flaschen versorgt. Die beiden erfanden auch einen Gummitaucheranzug, in dem man sich völlig frei bewegen kann.

Algenwald
Der Wald vor der Insel Crespo ist erfunden, doch es gibt solche Wälder aus Algen im Meer – entlang der Küsten, wo das Wasser flacher ist.

Wir verließen die *Nautilus* durch eine Luftschleuse im Rumpf und schon berührten meine Füße den Meeresboden. Es war wie auf einem anderen Planeten. Ich fühlte mich fast schwerelos, als ich über den weichen Sand ging, umgeben von seltsamen Pflanzen, Felsen, Korallen, Muscheln und Fischen. Lange Fäden von Algen schwebten anmutig neben unserem Pfad, erleuchtet von einem schimmernden Licht. Ich war von der Schönheit all dessen überwältigt. Ich wünschte, ich hätte Conseil sagen können, was mich bewegte, aber durch den Helm konnte ich nicht sprechen. Nach etwa anderthalb Stunden blieb Käpten Nemo stehen. Er deutete auf eine dunkle Masse, die vor uns aufragte.

Das muss der Wald von Crespo sein, dachte ich, als wir den Wald aus riesigen Algen betraten, die sich in großen, geraden Säulen auftürmten. Wir erforschten diesen wundervollen Ort, dann gab Käpten Nemo das Zeichen für eine Pause. Ich war froh mich ausruhen zu können und nickte sogar ein bisschen ein. Aber als ich die Augen wieder öffnete, sah ich etwas so Furchtbares, dass ich sofort auf die Füße sprang. Nur wenige Meter entfernt war eine riesige Asselspinne, die gerade auf mich springen wollte! Käpten Nemo trat vor und schubste die Spinne mit seinem Gewehr auf den Rücken. Wir gingen noch tiefer hinein, jetzt mussten wir unsere Lampen anmachen. Bald kamen wir zu

Algen türmten sich in großen, geraden Säulen auf.

einem großen Felsmassiv. Das war das Fundament der Insel Crespo und die Grenze von Käpten Nemos Reich. Wir machten uns auf den Rückweg zur *Nautilus*, aber auf einem anderen, steileren Weg. Wenig später erreichten wir eine Stelle, an der die Wasseroberfläche nur etwa zehn Meter über unseren Köpfen war. Schwärme von Fischen schwammen überall um uns herum. Ich sah, wie Käpten Nemo sein Gewehr anlegte. Es gab ein zischendes Geräusch und ein prächtiger Seeotter blieb leblos liegen. Nemos Begleiter hob das Tier auf und wir setzten unseren Weg fort.

Das Wasser wurde flacher. Das Meer war hier so klar, dass ich große Vögel durch die Luft gleiten sah. Nemos Begleiter richtete sein Gewehr auf einen, schoss und ein riesiger Albatross stürzte ins Meer. Als wir nur noch wenige Minuten von der *Nautilus* entfernt waren, gab Nemo mir plötzlich ein Zeichen mich zu ducken. Ich ließ mich auf den Boden fallen und sah zwei dunkle Schatten über mich hinweggleiten. Es waren zwei mächtige Haie. Ich war gelähmt vor Angst, aber glücklicherweise schwammen die Ungeheuer vorüber, ohne uns zu sehen. Eine halbe Stunde später waren wir wieder sicher an Bord der *Nautilus*.

Asselspinne
Asselspinnen gehen dem Menschen etwa bis zum Knie. Sie haben keine Augen und fressen Würmer, sind also nicht gefährlich. Sie leben in kalten, tiefen Gewässern.

Seeotter
Seeotter leben in den Algenwäldern des Pazifik. Nemo tötet sie für Nahrung, doch so viele Jäger haben sie im 19.Jh. wegen ihres Fells gejagt, dass sie heute vom Aussterben bedroht sind.

Schiffswrack
Vor der Erfindung von U-Booten und moderner Tauchausrüstung war es fast unmöglich Schiffswracks so zu erforschen, wie die *Nautilus* es tut.

4. Kapitel

Das Korallenmeer

An den folgenden Tagen beobachtete ich, wie die Crew der *Nautilus* für Nahrung sorgte. Netze wurden vom Deck ausgeworfen und voller Fische wieder eingebracht – von Aalen bis Thunfischen war alles dabei. Einige wurden frisch gegessen, andere haltbar gemacht.

»Professor«, erklärte Nemo, »die See hat ihr Eigenleben, sie ist mal zornig und mal sanftmütig. Sie hat einen Puls und einen Kreislauf, ganz wie Ihr eigener Blutkreislauf. Hier ist immer alles in Bewegung, voller Leben. Das wahre Leben ist die See. Eines Tages wird es ganze Städte unter Wasser geben. Obwohl, wer weiß, ob nicht irgendein Diktator ...« Er brach abrupt ab. Hatte er schon zu viel gesagt?, fragte ich mich.

Das gesunkene Schiff sah schrecklich aus.

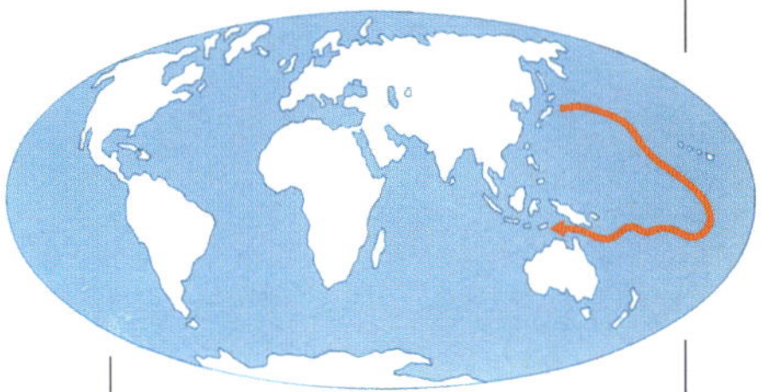
5200 Meilen

Einige Tage später kreuzte die *Nautilus* wieder unter den Wellen. Ich las im Salon, als Conseil mich plötzlich ans Fenster rief. Zuerst dachte ich, diese große dunkle Masse draußen sei ein Wal, dann sah ich, dass ich mich geirrt hatte.

»Ein gesunkenes Schiff!«, rief ich.

Das Schiff, von dem ich später erfuhr, dass es *Florida* hieß, sah schrecklich aus. Ich zählte einige Leichen, die noch in den Seilen hingen. Am furchtbarsten war eine Frau, die immer noch ihr Kind in den Armen hielt. Schon kamen die hungrigen Haie angeschwommen. Glücklicherweise schloss sich in dem Augenblick das Fenster.

Anfang Januar 1868 kamen wir ins Korallenmeer. Ich war fasziniert von den vielen Inseln, die diesem Meer seinen Namen gaben. Milliarden winziger Lebewesen hatten tausende von Jahren daran gearbeitet, diese Riffe allmählich aufzubauen. Die Riffe würden zu Inseln werden, die dann eines Tages vielleicht sogar einen neuen Kontinent bilden würden. Als ich das zum Käpten sagte, erwiderte er: »Die Erde braucht keine neuen Kontinente, sondern neue Menschen!«

Wir fuhren durch die Torresstraße, die Australien von Papua Neuguinea trennt. Das ist ein gefährliches flaches Gewässer, voller winziger Inseln und versteckter Riffe. Die *Nautilus* musste auftauchen, als Käpten Nemo sie vorsichtig durch den gefährlichen Irrgarten navigierte. Ich ging an Deck, um zuzuschauen. Plötzlich krachte es und die *Nautilus* blieb stehen. Kurze Zeit später kam Käpten Nemo hoch an Deck.

»Hat es einen Unfall gegeben?«, fragte ich.

»Einen Zwischenfall!«, erwiderte er. »Wir sind auf Grund gelaufen. Aber wir müssen nur auf die Flut warten, dann können wir unseren Weg fortsetzen.«

Als ich meinen Freunden berichtete, was passiert war, hatte Ned eine Idee.

»Selbst wenn Nemo nicht an Land geht, wir könnten doch für einen Tag auf dieser Insel jagen gehen?«

Zu meiner großen Überraschung gab Nemo uns die Erlaubnis an Land zu gehen.

Korallenriff
Aronnax bewundert die Milliarden winziger Tiere, Polypen genannt, die Korallenriffe bilden. Wenn Polypen sterben, lassen sie fingerhutartige Skelette aus Kalk zurück, die nach und nach riesige Korallenriffe bilden.

Gefährliche Riffe
Nemo wählt die schnellste, aber gefährlichste Strecke durch den Indischen Ozean, die Torresstraße. In dieser schmalen Meerenge gibt es viele Korallenriffe. Schon viele Schiffe sind hier gesunken.

Mit einem guten Doppelschuss erlegte Conseil ein Taubenpaar.

Ned freute sich riesig mal wieder festen Boden unter den Füßen zu haben. Bald waren wir tief im Dschungel, außer Sichtweite der *Nautilus*. Da wir die Meeresfrüchte satt hatten, sammelten wir Yamswurzeln, Kokosnüsse, Brotfrüchte, Bananen und andere Köstlichkeiten. Ned wollte jedes Tier essen, das er zu Gesicht bekam. »Da!«, schrie er und deutete auf einen Schwarm bunter Vögel.

»Das sind Papageien«, sagte Conseil. »Die schmecken nicht.«

»Jemandem, der sonst nichts zu essen hat, würde auch ein Papagei so gut wie ein Fasan schmecken!«, rief Ned.

Ich war einfach bezaubert von der Vielfalt an bunten Vögeln, die uns hier umgab: Wellensittiche, Kakadus, sogar ein prächtiger Paradiesvogel. Trotz des Tierreichtums hatten wir gegen Mittag immer noch nichts erjagt. Es war Ned äußerst peinlich, dass es Conseil war, der mit einem guten Doppelschuss ein Paar Waldtauben erlegte. Während die Vögel über dem Feuer brutzelten, bereiteten wir das Gemüse und die Früchte zu, die wir gesammelt hatten. Es war das beste Essen, das ich je gegessen hatte.

Stunden später kehrten wir an den Strand zurück. Plötzlich landete ein Stein vor unseren Füßen. Wir schauten überrascht auf.

»Steine fallen nicht einfach vom Himmel – es sei denn, es sind Meteoriten«, bemerkte Conseil. Da kam ein zweiter Stein angeflogen und zwar ganz knapp an uns vorbei.

»Eingeborene!«, schrie Ned.

Tropische Früchte
Exotische Früchte wachsen wild auf tropischen Inseln. Brotfrüchte waren damals in Europa und Amerika noch nicht bekannt. Geröstet schmecken sie wie Brot.

»Schnell!«, rief ich, »zum Boot!«

Zwanzig Eingeborene stürmten aus dem Wald, sie warfen Steine, fuchtelten mit Speeren herum und schossen Pfeile ab. So schnell wir konnten, ruderten wir zum Unterseeboot. An Bord suchte ich sofort Käpten Nemo. Zu meiner Überraschung spielte er im Salon Orgel.

»Wir werden von Wilden angegriffen!«, rief ich.

»Wilde?«, sagte er. »Wo auf dieser Welt gibt es keine Wilden? Und sind diese Leute, die Sie Wilde nennen, schlimmer als andere?«

»Vielleicht nicht, doch diese hier werden uns bald entern!«

»Es gibt nichts zu befürchten«, antwortete Nemo gelassen.

Ich fand das nicht besonders beruhigend. Ich kletterte nach oben auf die Brücke. Die Eingeborenen waren mit ihren Kanus zur *Nautilus* gepaddelt und kletterten nun überall an Deck herum. Bald würden wir die Luken öffnen müssen, um unseren Sauerstoffvorrat aufzufüllen, und dann würden die Eingeborenen hereinkommen. Genau wie ich befürchtet hatte, erschien, sobald wir die Luken öffneten, ein Dutzend feindlicher Gesichter. Aber der erste Eingeborene, der das Geländer berührte, schrie plötzlich auf und wurde von einer unsichtbaren Kraft zurückgeworfen. Ebenso erging es den anderen, die versuchten hinunterzuklettern. Bald flohen sie alle zurück auf ihre Insel.

Neugierig berührte Ned das Geländer. »Tausend Teufel!«, rief er, »mich hat ein Blitz getroffen!«

Plötzlich wusste ich, was geschehen war. Das Geländer war unter Strom gesetzt. Deshalb war Käpten Nemo so ruhig geblieben!

Eingeborene
Die Eingeborenen in der Geschichte könnten wie dieser Ureinwohner Papua Neuguineas aussehen. Wie die meisten Europäer damals betrachten Ned, Conseil und Aronnax die Inselbewohner als »Wilde«, weil sie so anders sind als sie selbst.

Die Eingeborenen waren in ihren Kanus herangepaddelt und kletterten auf Deck herum.

Quallen
Die *Nautilus* fährt durch einen Schwarm Leuchtquallen. Sie haben spezielle Bakterien, die bei einem Vorgang, den man Biolumineszenz nennt, Licht produzieren.

5. Kapitel

EIN GEHEIMNIS

Wie Käpten Nemo es vorhergesagt hatte, kam die *Nautilus* mit der Flut vom Riff frei. Bald waren wir unterwegs zum Indischen Ozean. Wo würde uns Käpten Nemo als Nächstes hinbringen? Wo immer das sein mochte, als Wissenschaftler begann ich diese Reise unter der Meeresoberfläche sehr zu genießen. Ich half dem Käpten verschiedene Tierarten und Daten zu sammeln. Conseil war begeistert. Seine Spezialität war die Klassifikation der Tierarten und er brachte viele Stunden damit zu. Nur Ned war rastlos und unglücklich.

Eines Tages wurden wir Zeugen eines höchst erstaunlichen und wunderschönen Schauspiels. Die *Nautilus* schwamm sehr tief und das Wasser um uns herum hätte eigentlich pechschwarz sein müssen. Plötzlich jedoch war es, als wäre das Boot in flüssiges Licht getaucht. Es war lebendiges Licht, wie ich feststellte, viele tausend winzige Quallen umgaben uns, die wie Glühwürmchen leuchteten. Wir sahen verzaubert durch die großen Fenster im Salon. Alle möglichen Fische schwammen vorüber und hinterließen Leuchtspuren wie Sternschnuppen. Am besten war die Wasserschildkröte, die wie eine Laterne elegant durch das ruhige Wasser glitt.

Plötzlich schien das U-Boot in flüssiges Licht getaucht zu sein.

So gingen die Tage rasch dahin, angefüllt mit aufregenden neuen Erkenntnissen. Eines Tages, als ein Sturm drohte, ging ich wie üblich an Deck. Käpten Nemo suchte den Horizont mit einem Fernrohr ab. Er schien sehr nervös, ging auf und ab und sprach eindringlich mit seinem zweiten Offizier. Beide schienen über irgendetwas besorgt. Was hatten sie gesehen? Ich strengte meine Augen an, aber auf dem Meer war nichts zu entdecken. Ich nahm mir das Fernrohr und sah hindurch. Doch noch ehe ich es scharf gestellt hatte, wurde es mir aus den Händen gerissen. Ich hatte Käpten Nemo nie zuvor so wütend gesehen. Was hatte ich getan?

»Professor Aronnax«, sagte er, »ich muss Sie und Ihre Gefährten bitten, sich in ihre Kabinen zurückzuziehen, bis ich Sie wieder daraus entlassen kann.«

»Darf ich eine Frage stellen?«

»Nein!«

Überrascht ging ich nach unten. Ich fand meine Freunde schon in der Kabine, in der wir unsere erste Nacht verbracht hatten. Ned und Conseil waren ebenso ratlos wie ich, als ich ihnen erzählte, was geschehen war.

»Seht, hier steht schon unser Frühstück«, rief Ned überrascht.

»Lasst uns essen«, meinte Conseil, »wir wissen ja nicht, was noch geschehen wird.«

»Du hast Recht, Conseil«, sagte ich.

Während wir schweigend aßen, ging das Licht aus. Mir war plötzlich schwindelig, ich war müde und konnte kaum noch die Augen offen halten. Ich sah zu meinen Freunden, doch die waren schon im Sitzen eingeschlafen. Man hatte uns etwas ins Essen getan. Über mir hörte ich, wie die Luke geschlossen wurde und die *Nautilus* abtauchte. Dann fiel auch ich in einen tiefen Schlaf.

Noch ehe ich das Fernrohr scharf stellen konnte, riss Nemo es mir aus den Händen.

Fernrohr
Seeleute suchten damit den Horizont nach Orientierungspunkten ab. Zusammen mit anderen nautischen Instrumenten konnte man so die Position des Schiffes auf einer Seekarte bestimmen. Jules Verne benutzte dieses Fernrohr an Bord seiner Yacht.

Das Korallenreich
Obwohl Aronnax auf seiner Reise mit der *Nautilus* schon Korallenriffe gesehen hat, findet er es aufregend, sie bei dem Unterwasserausflug noch einmal von nahem zu sehen. Er bewundert die Vielfalt der verschiedenen Korallenarten, die hier beisammen wachsen.

Am nächsten Tag erwachte ich mit klarem Kopf. Was war in der Nacht vorgefallen? Waren wir frei oder noch Gefangene? Ich ging zur Tür. Sie war offen. Das U-Boot schien völlig verlassen. Käpten Nemo tauchte erst später an diesem Tag wieder auf. Er sah abgehärmt aus und auf seinem Gesicht lag der Ausdruck tiefer Trauer. »Sind Sie Arzt?«, fragte er mich. Und als ich bejahte, fragte er: »Würden Sie nach einem meiner Männer sehen?«

Ich nickte und er brachte mich in die Mannschaftsquartiere, wo ein Mann mit einer furchtbaren Kopfverletzung lag.

»Was ist geschehen?«, fragte ich.

»Spielt das eine Rolle?«, fragte er. »Ein Hebel am Motor ist gebrochen und hat ihn getroffen. Können Sie ihm helfen?«

»Versteht er Französisch?«, fragte ich in meiner Sprache.

»Nein«, antwortete Nemo.

»Er wird die nächsten zwei Stunden nicht überleben.«

Bei diesen Worten traten dem Kapitän Tränen in die Augen.

In der Nähe stand ein Kreuz aus blutroten Korallen.

Am nächsten Morgen ging ich hoch auf die Plattform. Sobald der Käpten mich sah, fragte er, ob ich ihn zu einem weiteren Unterwasserausflug begleiten wolle.

»Natürlich«, sagte ich und ging meinen Taucheranzug anziehen. Kurz darauf spazierten Conseil, Ned, Käpten Nemo und ich über den Meeresboden. Käpten Nemos Mannschaft folgte uns. Sie trug eine längliche Kiste. Diese Gegend war völlig anders als die bei unserem letzten Unterwasserspaziergang. Nemo führte uns durch ein wunderschönes Korallenreich. Nach zwei Stunden gab Käpten Nemo das Zeichen anzuhalten. Seine Männer bildeten einen Halbkreis um ihn. In der Nähe stand ein Kreuz aus blutroten Korallen. Plötzlich verstand ich. Wir befanden uns auf einem Friedhof. Die Kiste, die die Männer trugen, war der Sarg ihres toten Kameraden.

Sie hoben ein Grab aus, ließen den Sarg in die Grube hinab und füllten sie mit Korallenbrocken. Sie knieten nieder und hielten den Kopf für eine Weile gesenkt. Dann hoben sie die Hände in einer Abschiedsgeste und standen wieder auf.

Die Prozession kehrte zur *Nautilus* zurück. Sobald ich meinen Helm abgenommen hatte, sagte ich zum Käpten: »Zumindest ruhen Ihre Toten in Frieden und sicher vor Haien.«

»Ja«, antwortete er ernst, »sicher vor Haien ... und vor Menschen.«

Meeresschildkröte
Die Echte Karettschildkröte wurde einst wegen ihres Fleisches und ihres Schildpattpanzers gejagt. Heute steht sie unter Naturschutz.

Schlaues Tier
Der Papiernautilus oder Argonauta gehört zu den Kopffüßern. Wie die *Nautilus* schwimmen oder sinken die Weibchen, indem sie die Luftmenge in der Schale verändern.

Perlentauchen
Perlenfischerei war lange ein wichtiger Industriezweig in Ceylon (heute Sri Lanka). Perlenfischer benutzten Steine, um unter Wasser zu bleiben. Gute Taucher konnten den Atem sehr lange anhalten.

6. Kapitel

Der Indische Ozean

Mit der Zeit konnte Ned an nichts anderes mehr denken als an Flucht. Ich hatte es damit nicht so eilig. Ich wollte noch mehr über die Geheimnisse des Meeres erfahren und vor allem über das Geheimnis von Käpten Nemo. Sollte ich ihn hassen oder bewundern? War er ein Opfer oder ein Schurke? Das waren meine Gedanken, als wir in die klaren Gewässer des Indischen Ozeans fuhren. Conseil und ich verbrachten unsere Tage damit, das Unterwasserleben zu beobachten und die vielen Meerestiere zu bestimmen, die im Netz der *Nautilus* gefangen wurden. Als sich das U-Boot Indien näherte, wurde Ned ganz aufgeregt. »Endlich wieder in der Zivilisation!«, rief er. »Ich glaube, wir müssen Käpten Nemos Gastfreundschaft nicht länger beanspruchen, was meint ihr?«

»Nein, lasst uns bis zum Ende bleiben«, sagte ich, »bis wir wieder in Europa sind. Dann können wir Pläne schmieden!«

»Ich habe nicht vor zu warten, bis der Käpten uns erlaubt zu gehen!«, sagte Ned wütend und stürmte aus dem Zimmer. Ich hoffte nur, er würde nichts überstürzen.

Am nächsten Tag näherten wir uns Ceylon. Bei Sonnenuntergang bewunderten Conseil und ich einen Schwarm Papierboote, krakenartige Wesen, die an der Wasseroberfläche schwammen.

»Auf Lateinisch heißen sie Argonautae«, sagte ich. »Sie können ihre Schale verlassen, wenn sie wollen, aber sie tun es nie.«

»Genau wie der Käpten. Er hätte sein U-Boot *Argonauta* nennen sollen.«

Einige Tage darauf fragte der Käpten mich, ob ich mir die Perlengründe ansehen wolle. »Natürlich, gerne!«, rief ich.

»Sie haben doch keine Angst vor Haien, oder?«, fragte er.

»Na ja, ich bin natürlich nicht an sie gewöhnt«, räumte ich ein.

»Sie werden sich schon an sie gewöhnen«, sagte er. »Bis morgen also. Sehr früh.«

Nemo wollte nicht, dass die *Nautilus* näher an die Küste heranfuhr, also nahmen wir bei Sonnenaufgang ein Beiboot. Nah bei der Insel Manaar legten wir unsere Taucheranzüge an. Als Nemo uns einen Dolch gab, musste ich an die Menschen fressenden Haie in diesen Gewässern denken. Ich sah jedoch auf dem ganzen Weg zu den Perlengründen nicht einmal den Schatten eines Hais.

Um zu den Perlenfischereien zu gelangen, brachen wir bei Sonnenaufgang mit dem Beiboot auf.

Nemo zeigte Aronnax eine riesige Perle.

Wir landeten auf einer Sandbank und folgten Nemo unter Wasser. Die Sonne erleuchtete das Wasser um uns herum so hell, dass selbst die kleinsten Gegenstände deutlich zu erkennen waren. Schwärme bunter Fische flohen vor uns wie Vögel. Nachdem wir einige Meilen gelaufen waren, erreichten wir die Perlengründe. Millionen von Austern gab es hier. Ein unerschöpflicher Reichtum.

Ned füllte sein Netz mit den schönsten Muscheln, die er finden konnte, aber der Käpten ging weiter und führte uns tiefer und tiefer hinunter, bis zu einer dunklen Grotte. Als sich meine Augen an die Dunkelheit gewöhnt hatten, sah ich eine gigantische Auster. Sie war gut zwei Meter im Durchmesser und muss wohl an die 300 Kilo gewogen haben. Mit dem Dolch stemmte der Käpten die Muschel vorsichtig auf. Darin lag eine Perle von der Größe einer Kokosnuss. Ich wollte sie berühren, doch der Käpten hielt mich zurück und schloss die Muschel wieder. Ich verstand. Er wollte sie weiter wachsen lassen.

Auf dem Rückweg zum Boot gab der Käpten uns plötzlich zu verstehen, dass wir uns hinter einigen Felsen verstecken sollten. Ein langer, dunkler Schatten glitt über meinen Kopf und sank auf den Meeresboden. Zuerst dachte ich, es sei ein Hai, aber es war ein Mensch – ein indischer Perlentaucher, der durch den Stein, der an seine Füße gebunden war, schnell nach unten sank. Wir beobachteten ihn mehrere Minuten, wie er hoch und runter tauchte und Austern sammelte. Da sah der Mann plötzlich ganz entsetzt aus und versuchte schnell wieder aufzutauchen. Als ich mich umdrehte, sah ich, was ihn so erschreckt hatte: ein riesiger Hai mit weit geöffnetem Rachen. Der Taucher wich in letzter Sekunde aus. Der Hai erwischte ihn nicht, aber der Taucher wurde von einem gewaltigen Schlag mit der Schwanzflosse getroffen und fiel bewusstlos zu Boden. Käpten Nemo stürzte sich auf den Hai und verletzte ihn mit dem Dolch an der Seite.

Starr vor Schreck beobachtete ich, dass Nemo mit dem Hai kämpfen wollte. Der Hai schien aufzuheulen, Blut quoll aus seiner Wunde und färbte das Wasser rot. Der Käpten packte den Hai bei der Flosse und versuchte ihm das Messer ins Herz zu stoßen, doch plötzlich fiel Nemo zu Boden. Sofort stürzte sich der Hai auf ihn – der geöffnete Rachen drohte ihn entzweizubeißen. Schnell wie der Blitz stürzte sich

Seltene Schönheit
Perlen bilden sich, wenn ein Fremdkörper – z.B. ein Sandkorn – in eine Auster gelangt. Die Auster umgibt diesen Fremdkörper mit Perlmutt. Wilde Perlen wie die von Käpten Nemo sind selten. Die meisten werden heute gezüchtet.

Angst einflößender Rachen
Womöglich begegnet Käpten Nemo einem solchen Tigerhai. Er frisst alles, von Schildkröten bis zu Blechdosen, und greift auch Menschen an.

Ned auf den Hai und bohrte ihm seine Harpune in den Leib. Das Ungeheuer wand sich in Todeszuckungen.

Der Käpten zog den fast ertrunkenen Taucher zurück zu seinem Boot und gab dem erstaunten Mann einen Sack Perlen. Dann gingen wir zurück zum Beiboot und zogen unsere Taucheranzüge aus. Sobald er seinen Helm abgesetzt hatte, wandte Käpten Nemo sich an Ned und sagte: »Danke, Mr. Land!«

»Das war ich Ihnen schuldig«, sagte der Harpunierer und drehte dem Kapitän den Rücken zu.

Zurück auf der *Nautilus* lobte ich den Käpten für seinen Mut.

»Dieser Inder ist der Bewohner eines unterdrückten Landes – genau wie ich!«

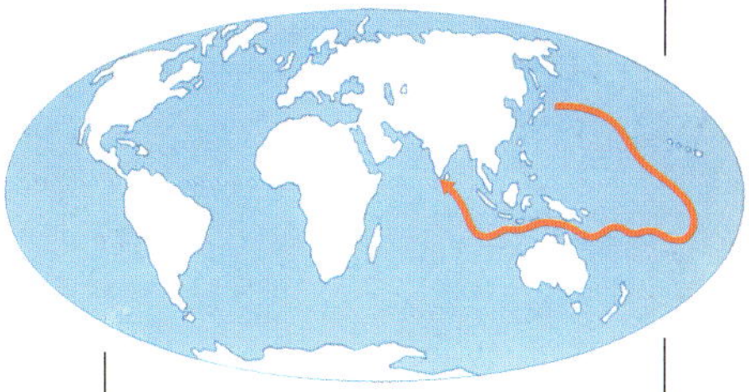

7000 Meilen

Käpten Nemo stürzte sich auf den Hai und verletzte ihn mit dem Dolch an der Seite.

Ich war überrascht vor dem Salonfenster einen Taucher zu sehen.

Suezkanal
Zur Zeit dieser Geschichte trennte ein Stück Land – der Isthmus – das Rote Meer und das Mittelmeer. Bis 1869 der Suezkanal gebaut wurde, konnten Schiffe nicht von einem Meer ins andere fahren.

7. Kapitel

Käpten Nemos Schätze

Von Ceylon aus fuhren wir durch das Arabische Meer und waren bald im Roten Meer. »Wir können nicht mehr sehr weit fahren«, sagte ich zu Ned und Conseil, »denn dieses Meer hat keinen anderen Ausgang. Der einzige Weg von hier nach Europa führt ganz um Afrika herum.«

»Na, wunderbar«, erwiderte Ned betrübt. »Da gibt es nicht viele Möglichkeiten zur Flucht!«

»Die letzten Monate sind doch sehr rasch vergangen, oder?«, fragte ich.

»Für Sie vielleicht!«, grollte Ned. »Ich habe jede Stunde gezählt!«

Ich war sehr überrascht, als die *Nautilus* nicht wendete, sondern immer weiter in das enge Meer hineinfuhr. Wo wollte Käpten Nemo hin? Seine Antwort überraschte mich nur noch mehr: »Morgen werden wir im Mittelmeer sein.«

»Wie das?«, fragte ich erstaunt. »Sicherlich kann die *Nautilus* nicht so schnell fahren, dass sie Afrika an einem einzigen Tag umrundet?«

»Wer hat denn gesagt, dass sie das tun soll?«

»Wenn wir nicht über Land gehen ...«

»Aber darunter her ...«

Dann erzählte mir der Käpten von seiner Entdeckung, einem natürlichen Tunnel unter der Landenge, der das Rote Meer mit dem Mittelmeer verband. Am nächsten Tag waren wir am Ende des Roten Meeres, an der schmalen Spitze des Golfs von Suez. Hier ging es nicht mehr weiter. Die *Nautilus* tauchte ab und wir machten uns bereit in den »arabischen Tunnel« hineinzufahren. Durch das Fenster im Salon beobachtete ich, wie wir in den dunklen Tunnel hineinfuhren. Er war sehr schmal und ich rechnete jeden Augenblick damit, dass wir an die felsigen Wände stoßen würden. Doch nur zwanzig Minuten später waren wir sicher im Mittelmeer.

Die *Nautilus* fuhr schnell in Richtung Kreta, als ob der Käpten dort eine besondere Mission zu erfüllen hätte. Als wir im seichten Wasser vor einer Insel hielten, war ich überrascht zu sehen, dass ein Taucher dem Käpten durch das Salonfenster Zeichen gab. Als ob ich gar nicht da wäre, öffnete der Käpten eine Art Stahlkassette, die mit Goldbarren gefüllt war. Diese legte er in eine andere Kiste, die vier Männer nach oben trugen. Ehe ich irgendetwas fragen konnte, wünschte der Käpten mir eine gute Nacht. Von meiner Kabine aus hörte ich, wie das Beiboot der *Nautilus* zu Wasser gelassen wurde. Die Goldbarren wurden offensichtlich dem kretischen Taucher übergeben. Ich war verwirrt. Ich wusste, dass die Einwohner von Kreta gegen die Türken rebellierten, die auf ihrer Insel eingefallen waren. Vielleicht finanzierte der Käpten diese Rebellion? Aber warum sollte er das tun? Dieser Vorfall machte Kapitän Nemo noch geheimnisvoller.

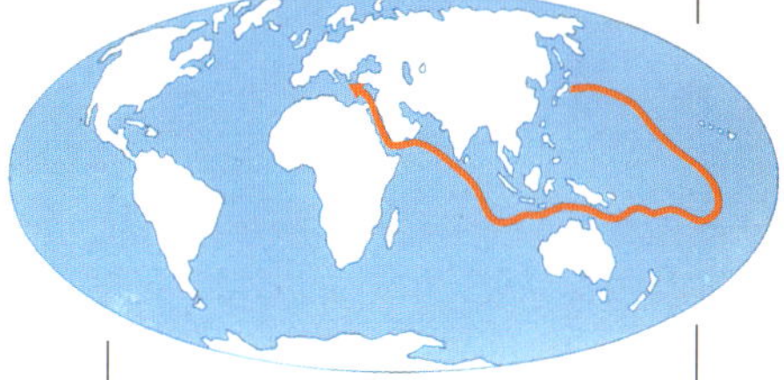

9600 Meilen

Rebellion auf Kreta
Aronnax verweist auf die Rebellion von 1866. Sie war eine von vielen Aufständen der Bewohner Kretas gegen die Herrschaft der Türken. Seit 1908 gehört Kreta zu Griechenland.

Goldbarren
Aronnax wundert sich über das viele Gold, das fast 5 Mio. französische Francs wert war (fast 2 Mio. DM). Und das war nur ein Bruchteil von Nemos Vermögen!

Unterdrückte Völker
Nemo scheint unterdrückte Völker zu unterstützen – er half dem indischen Perlentaucher und scheint auch den Aufstand der Kreter zu finanzieren.

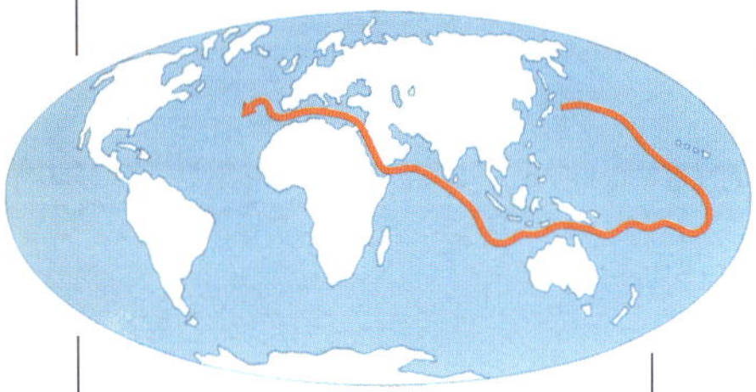

10.200 Meilen

Santorin
Die Insel Santorin hat eine große Bucht – den mit Wasser gefüllten Krater eines Vulkans. Der schwarze Sand an Santorins Stränden entstand, als die Lava bei einem Vulkanausbruch auf das Meer traf.

Vulkanische Aktivität
Zu Vernes Zeit hatte man noch nie einen Unterwasservulkan gesehen. Phänomene wie dieser vulkanische Schlot unter Wasser wurden erst um 1977 entdeckt.

Einige Tage nach dem Vorfall mit dem kretischen Taucher war ich im Salon und las, als mir auffiel, wie heiß es plötzlich auf der *Nautilus* wurde. Hatten wir etwa ein Feuer an Bord? Ich fragte den Käpten danach.

»Nein«, erklärte er. »Wir fahren durch eine Strömung kochenden Wassers.«

Die Paneele des Salonfensters öffneten sich und ich schnappte nach Luft. Was für ein Anblick! Über dem Wasser lagen schweflige Rauchwolken, die nach oben quollen. Ich legte meine Hand an das Glas, zog sie aber sofort wieder zurück – das Fenster war zu heiß.

»Wo sind wir?«, fragte ich.

»In der Nähe der Insel Santorin. Ich nahm an, Sie würden gern einmal einen unterirdischen Vulkanausbruch beobachten.«

»Ja, natürlich!«, stimmte ich ihm zu.

Als wir uns dem Vulkan näherten, wechselte die Farbe des Meeres von Weiß zu Rot und die Hitze im U-Boot wurde unerträglich. Blutrote Flammen züngelten durch das rauchige Wasser und ich war überzeugt Schwefel zu schmecken, selbst in der völlig geschlossenen *Nautilus*. Ich hatte das Gefühl zu ersticken! Zu kochen!

»Hier können wir nicht bleiben!«, schrie ich.

»Sie haben Recht«, sagte Nemo und gab Anweisung zum Rückzug.

Der Kapitän fühlte sich auf dem Mittelmeer unbehaglich, deshalb verbrachten wir den größten Teil unserer Reise unter Wasser. Als wir schließlich aus dem Atlantik auftauchten, waren Ned, Conseil und ich ganz aufgeregt – wir waren der Heimat so nahe!

Ned verkündete, er wolle in dieser Nacht fliehen. Er wusste, dass wir bald nah an der spanischen Küste vorbeikommen würden. »Ich habe es schon Conseil gesagt«, sagte er, »neun Uhr ist ausgemacht. Sie werden in der Bibliothek sein, Nemo wird wahrscheinlich schon schlafen. Dann werde ich das Beiboot bereithalten.«

»Aber es zieht ein Sturm auf«, wandte ich ein. »Es ist zu gefährlich.«

»Ich gehe, ob Sie mitkommen oder nicht«, sagte er nur.

Um kurz vor neun ging ich nervös in der Bibliothek auf und ab und wartete auf Neds Zeichen. Plötzlich hielt das U-Boot an und begann zu tauchen. Was würde Ned jetzt tun?, dachte ich entsetzt. Da betrat Nemo das Zimmer.

»Wo sind wir?«, fragte ich.

Er wandte sich zum Salonfenster und antwortete: »Auf dem Grund von Vigo Bay. Wie viel wissen Sie von spanischer Geschichte?«

Bevor ich antworten konnte, erzählte er mir von der Schiffsflotte, die hier vor über 250 Jahren mit Schätzen beladen gesunken war. Wir beobachteten, wie die Mannschaft der *Nautilus* draußen vor dem Fenster Truhen mit Gold, Silber und Juwelen einlud. Das also war die geheimnisvolle Quelle von Nemos Reichtum.

»Ich brauche diese Schätze nicht für mich selbst«, erklärte Nemo. »Es gibt so viele leidende und unterdrückte Menschen. Menschen, denen man helfen, Opfer, die man rächen muss. Verstehen Sie das?« Er hielt inne, vielleicht bereute er, zu viel gesagt zu haben. Ich erinnerte mich an den Taucher von Kreta und glaubte einiges zu verstehen.

Unvorstellbare Schätze warteten nur darauf, von Nemo geborgen zu werden.

Versunkene Schätze
1702 sanken 23 mit Schätzen beladene spanische Galeonen in Vigo Bay. Zu Vernes Zeit wurden Schatzsuchen organisiert, aber nicht alle Schätze wurden geborgen.

Nemos Reichtum
Nemo ist reich geworden, indem er die versunkenen Schätze der Menschheit geplündert hat. Doch er will die Reichtümer nicht für sich: Er gibt sie »Bedürftigen«.

1963 entstand durch den Ausbruch eines Unterwasservulkans in der Nähe von Island eine neue Insel: Surtsey.

Atlantis
Platon schrieb als Erster über Atlantis. Der Legende nach versank es bei einem Vulkanausbruch spurlos im Atlantik. Wissenschaftlern zufolge könnte Atlantis bei Santorin gewesen sein, wo um 1645 v.Chr. der größte bekannte Vulkanausbruch stattfand.

Gipsabguss eines Opfers

Pompeji
Als 79 n.Chr. der Vesuv ausbrach, wurden die Einwohner der römischen Stadt Pompeji völlig überrascht. Über 2000 Menschen starben, als sich eine gewaltige Wolke von Asche und Gas auf sie herabsenkte.

8. Kapitel

SELTSAME ORTE

Obwohl Ned fasziniert war, als er von Nemos »Bank« hörte, war er sehr enttäuscht über die verpasste Chance zur Flucht. »Jetzt entfernen wir uns wieder vom Land«, sagte er düster. »Heute Nacht wird es keine weitere Fluchtmöglichkeit geben. Vielleicht ergibt sich überhaupt keine mehr.«

Kurz nachdem wir Vigo Bay verlassen hatten, kam der Kapitän gegen elf Uhr nachts überraschend in meine Kabine. »Ich schlage einen interessanten Ausflug vor«, sagte er. »Es wird aber eine lange Nacht werden. Wir müssen einen Berg besteigen und die Straßen sind sehr schlecht.«

»Die Straßen?«, fragte ich ungläubig, doch der Käpten wollte nicht mehr verraten.

Es war Mitternacht, als meine Füße den Meeresboden berührten. Das Wasser war pechschwarz, aber in der Ferne sah ich einen schwachen rötlichen Schimmer. Was für ein Licht konnte das sein, so tief unter Wasser? Wir hatten keine Lampen dabei und ließen uns von dem Schimmer leiten. Der Weg erschien mir seltsam, er war wie aus riesigen glatten Steinen sorgfältig zusammengefügt. Das rötliche Licht wurde heller und heller. Was war das? Kam es von einer geschäftigen Unterwasserstadt, bewohnt von Außenseitern wie Kapitän Nemo?

Er kannte offensichtlich den Weg und ging zügig voran. Ich folgte ihm, so gut ich konnte.

Ich sah hinunter auf ein weites Tal, das vom Glühen eines Unterwasservulkans erleuchtet war. Unten lagen die Ruinen einer großartigen Stadt.

Um uns herum waren riesige schwarze Pflanzen und gewaltige Steinblöcke, die mit Ranken und Unkraut überwuchert waren. Seltsame, bösartig aussehende Kreaturen, riesige Hummer und entsetzliche Tintenfische lauerten in der Dunkelheit, wedelten mit ihren Fühlern, Scheren und Klauen und starrten mich mit ihren glühenden Augen an. Es dauerte über zwei Stunden, ehe wir schließlich unser Ziel erreichten, hoch oben am Abhang eines Berges. Ich sah hinunter in ein weites Tal, das vom Glühen eines Unterwasservulkans erleuchtet war. Unten lagen die Ruinen einer großartigen Stadt mit eingefallenen Dächern, leeren Straßen und verfallenen Tempeln. Ich sah die Überreste eines Aquädukts, einer Akropolis oder eines Pantheons und die Ruine eines antiken Hafens. Es war wie Pompeji, nur im Meer versunken.

Wo war ich? Was war das für ein Ort?

Käpten Nemo nahm ein Stück Kreide und schrieb auf einen schwarzen Felsen ein Wort:

ATLANTIS

Ich konnte es kaum fassen. Der sagenhafte verlorene Kontinent von Atlantis! Ich hatte immer geglaubt, es sei nur ein Mythos, eine Legende, und nun lag es vor meinen Augen!

Nemo machte mir Zeichen zur *Nautilus* zurückzukehren. Zögernd folgte ich ihm den Berg hinab. Wir erreichten das U-Boot bei Sonnenaufgang.

Am nächsten Morgen erwachte ich völlig erschöpft von meiner Wanderung. Mit einem Blick auf die Instrumente stellte ich fest, dass wir in Richtung Süden unterwegs waren. Aber da die *Nautilus* unter Wasser fuhr, wusste ich nicht, wo genau wir waren.

Als ich am nächsten Morgen aufwachte, hatte das U-Boot angehalten. Am Schaukeln des U-Bootes merkte ich, dass wir an der Wasseroberfläche treiben mussten. Ich ging an Deck und stellte überrascht fest, dass es völlig dunkel war.

»Sind Sie das, Professor?«, hörte ich Käpten Nemo fragen.

»Ja, wo sind wir?«

»Unter der Erde.«

»Schaut! Ein Bienenstock!«, rief Ned.

»Unter der Erde! Und die *Nautilus* schwimmt?«

»Die *Nautilus* schwimmt immer! Warten Sie, bis sich Ihre Augen angepasst haben, dann werden Sie es sehen.«

Er hatte Recht. Ich sah, dass die *Nautilus* auf einem weiten, runden See schwamm, der von felsigen Wänden umgeben war. In der Decke war ein rundes Loch, durch das Tageslicht hereinströmte. Der Käpten erklärte, dass wir uns im Inneren eines erloschenen Vulkans befanden. Die *Nautilus* war durch einen Unterwassertunnel hineingekommen.

Hier war Nemos Kohlenmine. Aus der Kohle gewann er Salz für die Batterien, die die *Nautilus* antrieben. Wenn er die Kohle verbrannte, sah es aus, als wäre der Vulkan noch aktiv.

Wir blieben nur einen Tag und Nemo erlaubte uns an Land zu gehen und die Höhle zu erforschen. Ned kam mit, in der Hoffnung, er würde einen Weg aus dem Krater finden.

Wir nahmen das Beiboot und ließen es am Strand zurück. Dann kletterten wir den zerklüfteten, schwarzen vulkanischen Felsen so hoch es ging. Die gewölbten Felswände hinderten uns daran, noch höher hinaufzusteigen.

Plötzlich rief Ned: »Schaut! Ein Bienenstock!«
Tatsächlich – in einem Baum hing ein Bienenstock, aus dem der Honig heraustropfte. Wir sammelten Schwefel und mischten ihn mit trockenem Laub. Als wir es anzündeten, stiegen Rauchwolken auf. Kurz darauf war der Bienenstock ausgeräuchert und wir konnten uns den Honig gefahrlos nehmen. Ned löffelte einige Pfund in seinen Rucksack. Er versprach, bei unserer Rückkehr ein paar Honigkuchen für uns zu machen.

Wir setzten unseren Erkundungsgang fort und stellten fest, dass Bienen nicht die einzigen Wesen waren, die um den Vulkan flogen. Ned wollte zum Mittagessen unbedingt Wild haben, deshalb versuchte er ein paar Vögel zu töten, indem er mit Steinen nach ihnen warf. Doch es gelang ihm nur einen zu erlegen.

Als wir schließlich zur Lagune zurückkamen, waren wir erschöpft und beschlossen in einer kleinen Höhle ein Nickerchen zu machen. Ich wachte auf, als Conseil schrie: »Herr, Herr! Die Flut kommt!« Die Höhle füllte sich mit Wasser und wenige Minuten später wären wir ertrunken. Nass und müde kehrten wir zur *Nautilus* zurück.

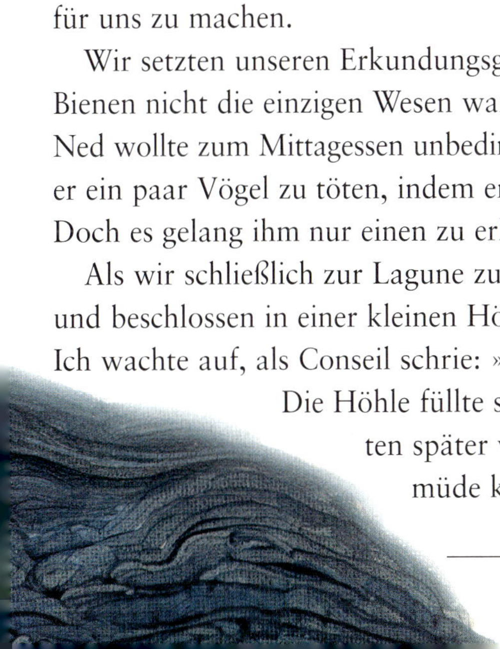

Sinkender Vulkan
Die *Nautilus* ist in eine Lagune in einem erloschenen Vulkan gefahren. Wenn Vulkane im Meer versinken, bilden die Korallen, die den Vulkan umgeben haben, ein Atoll. Atolle gibt es in warmen Meeren, nicht aber im Atlantik.

Geschmolzener Stein (Lava) in einem aktiven Vulkan

Vulkanisches Gestein
Verne schreibt, dass Ned, Aronnax und Conseil auf der Innenseite eines erloschenen Vulkans hochklettern. Diese Felswände entstanden, als die Lava abkühlte.

Honig sammeln
Ned benutzt Rauch, um die Bienen zu betäuben bzw. zu vertreiben und so an den Honig zu gelangen. Bei solchen künstlichen Bienenkörben (Abb.) erreicht man den Honig leichter.

Die Tiefen der Meere

Nach dem Besuch der Vulkaninsel unternimmt die *Nautilus* ihren tiefsten Tauchgang – 16.000 m tief. Heute wissen wir, dass das unmöglich ist, weil der tiefste Punkt der Erde »nur« 10.911 m tief im pazifischen Marianengraben liegt. Vernes Wissen über die Ozeane allerdings ist eindrucksvoll. Er wusste, dass die Unterwasserwelt ebenso vielgestaltig ist wie das Land und dass es dort Lebewesen gibt, die ebenso bizarr sind wie Fabelwesen.

Oberfläche
Seevögel fangen Schwarmfische; Säugetiere wie die Wale tauchen zum Luftholen auf.

Lichtreiche Zone
Das Epipelagial ist der artenreichste Meeresbereich mit vielen Meerespflanzen. In Korallenriffen lebt ein Drittel aller Fischarten.

Dämmerzone
Im Mesopelagial wird das Licht für Pflanzen zu schwach. Hier leben Wale und Haie. Fischschwärme wechseln auf Nahrungssuche zwischen dieser und höheren Zonen.

Dunkelzone
Im Bathypelagial ist es dunkel und kalt. Pottwale tauchen nach Riesenkalmaren bis 1000 m tief.

Spezialanpassungen

Färbung
Viele Riffbewohner sind leuchtend bunt. Oft warnen die Farben: Ich bin giftig! In der dunklen Tiefsee dagegen sind Farben nicht zu sehen und daher unnötig.

Gauklerfisch

Tarnung
Es gibt viele Tarnstrategien bei Meereslebewesen. Manche können die Farbe wechseln, andere sind fast durchsichtig. Dieser Fetzenfisch erscheint mit seinen Hautlappen wie die Algen, in denen er lebt.

Licht
Manche Meereswesen können chemisch Lichtsignale erzeugen. Einige Tiefsee-Rippenquallen blenden Angreifer mit Lichtblitzen. Das kalte Leuchten der Tiere ist das einzige Licht in der Tiefsee.

Abyssopelagial 4000 m
In der pechschwarzen Tiefe ist es eisig kalt und es herrscht ein gewaltiger Wasserdruck. Hier leben bizarre Wesen wie Pelikanaale und Tiefseeangler.

6000 m

Tiefseegräben
Sogar in den Tiefseegräben gibt es noch Leben. So fand man Seelilien noch in 8000 m Tiefe.

11.000 m

Tiefseefische haben nur winzige Augen, denn in der Tiefe herrscht schwarze Nacht.

Johnsons Schwarzer Angler lockt Beute mit einem Leuchtköder.

Tiefseeangler
Die Meereslebewesen sind an unterschiedliche Tiefenregionen angepasst. In den höheren Schichten gibt es reichlich Nahrung, die Bewohner der Tiefsee aber sind auf herabsinkende Reste und seltene Beute angewiesen. Der Anglerfisch kann mit seinem dehnbaren Magen gewaltige Mengen auf einmal verschlingen. Das reicht dann eine Weile.

Große
Große Tiere sind nicht immer gefährlich. Dieser Walhai ist der größte Hai, aber keine Gefahr für Menschen und Tiere. Mit seinem gewaltigen Maul nimmt er beim Schwimmen Plankton auf.

An heißen vulkanischen Quellen in der Tiefsee bilden sich Oasen des Lebens. Möglich wird das durch Schwefelbakterien, die aus Schwefelwasserstoff Energie gewinnen.

NAHRUNGSKETTE

Pflanzen im Meer »fangen« durch Photosynthese Sonnenenergie ein. Tiere fressen die Pflanzen, andere Tiere fressen diese Pflanzenfresser und werden wiederum von anderen Tieren gefressen. Diese Abhängigkeit bezeichnet man als Nahrungskette.

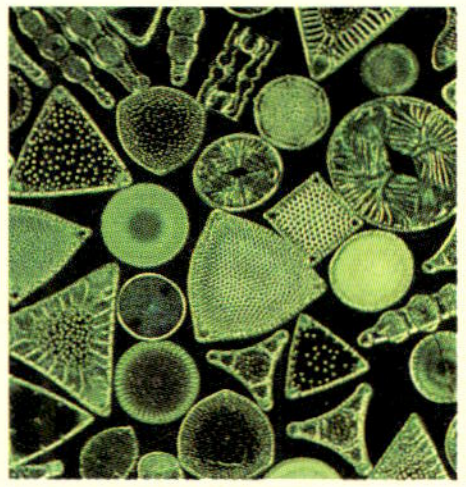

Plankton
Plankton – unzählige winzige, in der lichtdurchfluteten Zone schwebende Pflanzen und Tiere – sind der wichtigste Grundstoff in der Nahrungskette.

Große Fische
Große Fische und Säuger wie dieser Tümmler fressen kleinere Schwarmfische und werden oft selbst Opfer großer Haie.

Ein Schwarm Gelber Ziegenfische

Kleine Fische
Ziegenfische fressen Krebse, Würmer und Weichtiere und dienen größeren Fischen als Nahrung.

Der Kampf zwischen den Pottwalen und den Bartenwalen war grausam.

9. Kapitel

ZUM POL

Wir fuhren im Atlantik weiter nach Süden. Wohin wollte der Käpten uns bringen? Da kam doch nur noch der Südpol! Je mehr Zeit verging, desto trüber wurde Neds Gemütslage. Ich begann mir Sorgen um ihn zu machen. Deshalb war ich sehr erleichtert, als wir auf Zerstreuung für ihn trafen, einen Schwarm Bartenwale. Als ich an Deck kam, stand Ned schon oben und stampfte ungeduldig mit den Füßen. Wir konnten es nicht fassen, als der Kapitän sich weigerte Ned seine Harpune zu geben.

»Wozu?«, fragte der Käpten. »Wir brauchen kein Walöl. Es wäre nur Töten um des Tötens willen. Ihr Walfänger werdet diese Tiere noch ausrotten. Lasst sie in Frieden! Sie haben genug natürliche Feinde, vor denen sie sich in Acht nehmen müssen.«

Wir sahen bald, was er damit meinte. Die Herde wurde von einem Schwarm Pottwale verfolgt. Über die dachte Nemo ganz anders: »Das sind grausame Geschöpfe – nur Rachen und Zähne!«

Für Ned war ein Wal ein Wal und er war sehr aufgeregt bei der Aussicht auf eine Jagd – bis er herausfand, dass der Käpten die *Nautilus* als Waffe gebrauchen wollte.

Der Kampf zwischen den Bartenwalen und den Pottwalen hatte gerade begonnen, als die *Nautilus* eingriff. Unter der Führung des Käptens zerfetzte das U-Boot die Pottwale. Ned war entrüstet über dieses grausige Abschlachten und nannte den Käpten einen Schlächter. Sie gingen auseinander – schlimmere Feinde denn je.

Wir sahen immer mehr Eisberge und ich war mir sicher, dass der Kapitän zum Pol wollte. Ich wusste, dass er ihn noch nie zuvor erreicht hatte. Es war Wahnsinn uns alle dieser Gefahr auszusetzen.

Es dauerte nicht lange und Nemo musste das U-Boot als Rammbock durch das Treibeis einsetzen. Und was würde passieren, wenn wir darin festsäßen? Wenn wir die Eislandschaft erreichen würden, könnte er sowieso nicht weiter, dachte ich. Aber nichts konnte Nemo davon abbringen, den Pol anzusteuern. Er hatte vor weit unter der Eisfläche entlangzutauchen, wo er offenes Meer vermutete.

Bartenwal

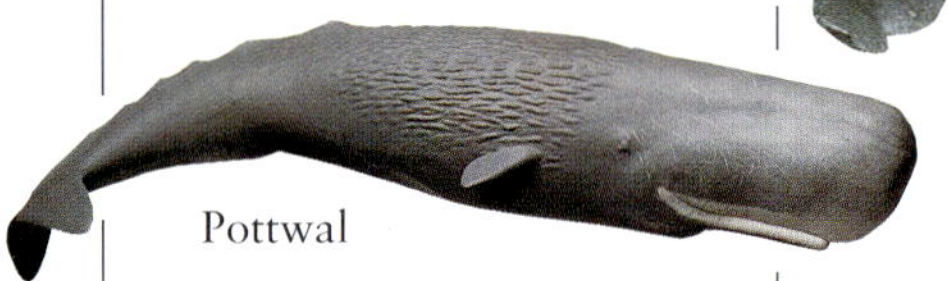

Pottwal

Kampf der Wale

Pottwale greifen Bartenwale tatsächlich nicht an. Die tief tauchenden Pottwale fressen Tintenfische, während Bartenwale wie der Buckelwal winzige Lebewesen aus dem Wasser filtern.

Antarktis

Es ist unmöglich, den Südpol über das Meer zu erreichen, weil die Antarktis eine vereiste Landmasse ist. Verne konnte das nicht wissen, da der Südpol erstmals 1911 von Roald Amundsen erreicht wurde.

»Wir müssen mehrere Tage unter dem Eis weiterfahren«, sagte er. »Aber keine Sorge, die *Nautilus* kann leicht durch die Eisdecke am Südpol hindurchstoßen.«

Ich hoffte, er hätte Recht. Jedes Mal, wenn Nemo versuchte aufzutauchen, war das Eis zu dick, um es zu durchbrechen. Tage vergingen und ich fürchtete, wir müssten ersticken. Am 19. März schafften wir es schließlich aufzutauchen. Wir waren in einem offenen Meer, das den Südpol umgab.

Um festzustellen, ob wir tatsächlich am Südpol waren, mussten wir warten, bis sich das stürmische Wetter beruhigte. Aber die Zeit wurde knapp. Am 21. März war Tagundnachtgleiche, danach würde die Sonne hier sechs Monate nicht mehr aufgehen. An diesem Tag ruderten Conseil, Nemo und ich an den vereisten felsigen Strand. Wir erklommen einen Hügel und warteten gespannt. Genau zu Mittag kam die Sonne hervor, sodass Nemo seine Messungen vornehmen konnte. »Der Südpol!«, verkündete er.

»In wessen Namen nehmen Sie ihn in Besitz?«

»In meinem eigenen!«, erwiderte er und hisste eine schwarze Flagge.

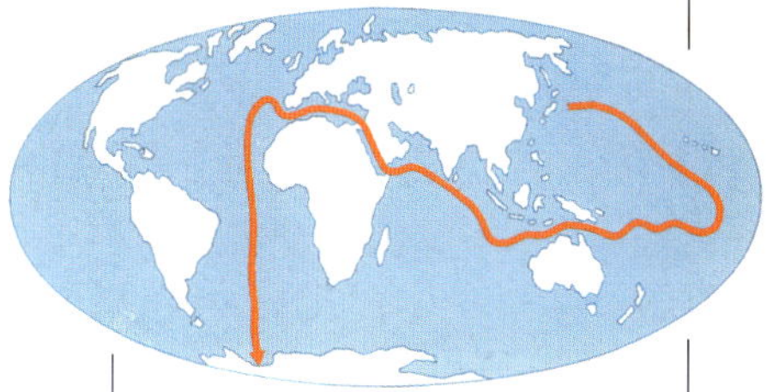

13.600 Meilen

N

Die Piratenflagge

Nemos Flagge ist schwarz wie eine Piratenflagge. Sie ist ein Symbol der Rebellion gegen die Gesellschaft und das herrschende internationale Recht.

Nemo nahm den Südpol in seinem Namen in Besitz.

Wand aus Eis
Die *Nautilus* ist mit einem Eisberg zusammengestoßen und hat ihn umgestürzt. Jetzt ist sie zwischen polarem Packeis und dem Eisberg eingeschlossen. Eisberge können bis zu 45 m aus dem Wasser ragen – das ist nur ein Zehntel ihrer gesamten Größe.

Wir blieben nicht lange am Pol und waren bald wieder auf dem Weg nach Norden. Ich hatte erwartet, dass die Rückreise ebenso ereignislos verlaufen würde wie die Hinreise. Am folgenden Morgen erwachte ich jedoch von einem gewaltigen Stoß. Mühsam bahnte ich mir den Weg in den Salon, denn die *Nautilus* lag ganz schräg. Ned und Conseil waren auch schon dort, doch sie hatten keine Ahnung, was geschehen war. Schließlich kam Käpten Nemo.

»Ein Zwischenfall, Sir?«, fragte ich ihn.

»Nein, diesmal ist es ein Unfall.«

Er erklärte, dass ein Eisberg umgestürzt war und das U-Boot eingekeilt hatte. Wir waren in einer Art Eishöhle, aus der es keinen Ausweg gab. Käpten Nemo hatte versucht die *Nautilus* mit voller Kraft in das Eis zu rammen, aber es war zu dick.

Wir arbeiteten abwechselnd in unseren Taucheranzügen und hackten das Eis weg. Aber es schien schneller zu frieren, als wir es weghacken konnten.

Wir waren gefangen. Wir reagierten jeder auf seine Weise: Ned mit Wut, er schlug mit der Faust auf den Tisch. Conseil war still und ich sah zum Käpten, der in Gedanken versunken war. Schließlich sagte er: »Wir haben nur für zwei Tage Sauerstoffvorrat. In dieser Zeit müssen wir eine Fluchtmöglichkeit finden.«

Der Käpten machte Schallmessungen von der Dicke des Eises, das uns umgab. Das Eis unter der *Nautilus* war nur zehn Meter dick. Wenn wir ein Loch von der Größe des U-Bootes schlagen würden, könnte es hindurchfallen. Wir arbeiteten abwechselnd in unseren Taucheranzügen und hackten das Eis weg. Die Arbeit war unbeschreiblich schwierig und anstrengend. Jedes Mal, wenn ich zur *Nautilus* zurückkehrte, bemerkte ich, dass die Luft wieder schlechter geworden war. Und wenn wir in derselben Geschwindigkeit weiterarbeiteten, würde es noch fünf Tage dauern, bis das Loch groß genug wäre. Uns blieb nichts übrig, als noch schneller zu arbeiten.

Der Sauerstoffmangel machte die Arbeit zunehmend schwieriger. Das Eis schien schneller zu gefrieren, als wir es weghacken konnten. Mir war schwindlig und mein Kopf schmerzte.

»Wir müssen irgendetwas Wirksameres tun«, sagte der Käpten zu mir.

»Was?«, fragte ich.

Käpten Nemo überlegte schweigend und murmelte dann: »Kochendes Wasser! Das müsste verhindern, dass das gefrierende Wasser uns weiter einschließt.«

Nemo befahl kochendes Wasser auf das Eis um das U-Boot herum zu pumpen. Tatsächlich, die Temperatur um uns herum begann zu steigen. Wir hackten weiter.

Nur noch vier Meter Eis waren unter der *Nautilus*. Mittlerweile konnten wir kaum noch atmen. Käpten Nemo entschied, Eispickel seien zu langsam. Er rief alle wieder ins U-Boot, die Tanks wurden mit Wasser gefüllt und die *Nautilus* senkte sich in das Loch, das wir geschlagen hatten. Bald gab es ein krachendes Geräusch. Die *Nautilus* fiel nach unten. Endlich! Wir waren frei!

Mit Höchstgeschwindigkeit sauste das U-Boot an die Oberfläche und brach durch das Eis wie ein springender Wal. Die Luken wurden aufgerissen und klare, frische Luft strömte hinein. Conseil und Ned trugen mich halb bewusstlos an Deck. »Meine Freunde«, japste ich, »wir müssen zusammenhalten, komme was wolle!«

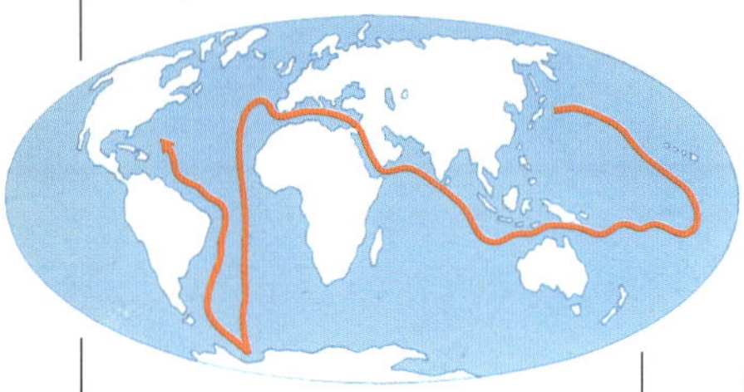

17.200 Meilen

Riesentintenfisch
Niemand hat je einen lebendigen Riesentintenfisch gesehen. Verne vertraute bei diesem Vorfall in seiner Geschichte auf Funde und Berichte von Seeleuten.

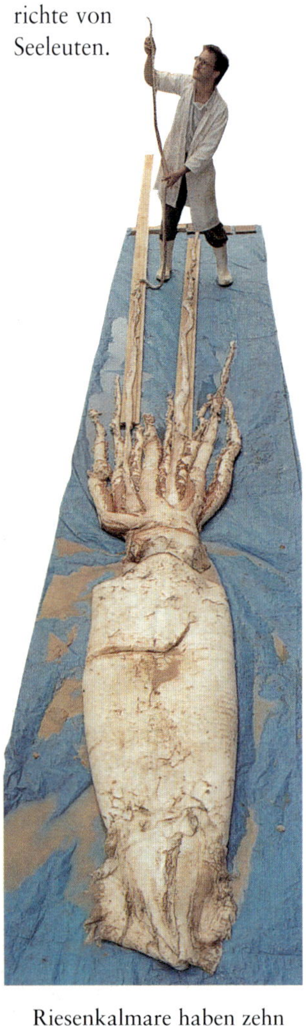

Riesenkalmare haben zehn Arme, zwei Tentakel und große Saugnäpfe. Dieses Exemplar wurde 1996 bei Neuseeland gefunden. Es ist 8 m lang und wiegt eine Tonne.

10. Kapitel

Der Golfstrom

Als müsste sie aus einem Gefängnis fliehen, sauste die *Nautilus* nach Norden und verließ die polaren Regionen. Nach wenigen Wochen waren wir in den warmen Gewässern bei den Bahamas. Als wir an den großen Riffen, die mit Algenwäldern überwuchert waren, vorüberkreuzten, stritt ich mich mit Ned und Conseil darüber, ob es tatsächlich Tiefseeungeheuer gäbe. Ich sagte, diese Höhlen und Felsen seien ideale Verstecke für riesige Tintenfische oder Oktopusse. Unsere Unterhaltung wurde unterbrochen, als Conseil plötzlich aus dem Fenster zeigte und rief: »Professor! Sehen Sie sich das an!«

»Das« war ein Riesentintenfisch. Sein Körper war zehn Meter lang und seine acht sich windenden Arme waren sogar noch länger. Zwischen den Armen hatte er ein bösartig aussehendes Maul.

»Sehen Sie! Da sind noch sechs weitere!«

In diesem Augenblick stoppte die *Nautilus* abrupt. Käpten Nemo kam in den Salon. »Einer der Tintenfische ist in die Schiffsschraube geraten. Wir müssen auftauchen und gegen sie kämpfen – Mann gegen Tier.«

»Können Sie nicht die Gewehre benutzen?«, fragte ich.

»Nein, die sind gegen Tintenfische machtlos. Wir müssen sie mit Beilen angreifen. Ned kann seine Harpune benutzen.«

Sobald die Luke geöffnet war, kam ein riesiger Arm die Stufen hinuntergeschlängelt. Nemo hackte ihn mit einem einzigen Schlag mittendurch. Ehe wir uns versahen, kam ein weiterer Arm, dick wie ein Elefantenrüssel, durch die Luke und ergriff einen Mann. Wir stürzten an Deck und sahen, dass der arme Mann wie eine Trophäe durch die Luft geschwenkt wurde. »Hilfe! Hilfe!«, schrie er auf Französisch, denn das Ungeheuer wollte ihn in seinen schrecklichen Schlund stecken. Wir wollten ihm zu Hilfe eilen, aber da wurde

uns von einer dicken Wolke schwarzer Tinte die Sicht genommen. Als wir wieder etwas sehen konnten, waren der Tintenfisch und der Mann verschwunden. Doch für Trauer blieb keine Zeit: Wir waren von Riesentintenfischen umzingelt. Wie soll ich diese Schlacht beschreiben? Blut und Tinte strömten über Deck, während wir gegen diese furchtbaren Bestien kämpften. Plötzlich wurde Ned von einem Arm erfasst und zum Schlund geführt. Er wäre entzweigebissen worden, wenn Nemos Axt den Tintenfisch nicht genau zwischen den riesigen Kiefern getroffen hätte. Das leblose Ungeheuer versank in den Wellen und die Schlacht war vorüber.

»Das war ich Ihnen schuldig!«, sagte der Käpten. Ned senkte wortlos den Kopf. Nemo sah aufs Meer, das so viele seiner Männer verschlungen hatte, und bittere Tränen stiegen ihm in die Augen.

Blut und Tinte strömten über Deck, während wir gegen diese furchtbaren Bestien kämpften.

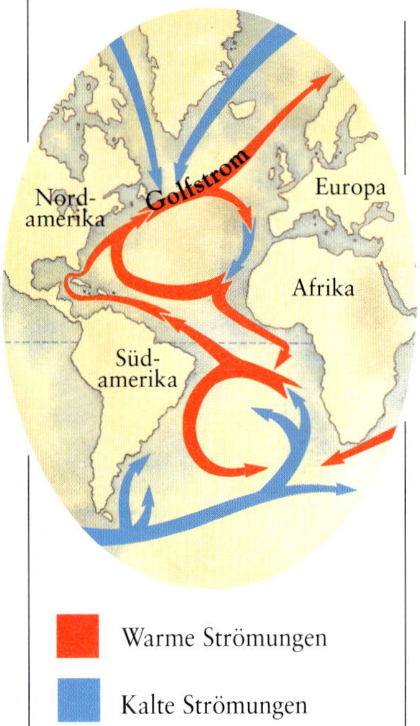

Der Golfstrom
Die *Nautilus* folgt einer bekannten Strömung im Ozean, dem Golfstrom. Er transportiert warmes Wasser aus der Karibik an der Ostküste Nordamerikas entlang hoch nach Europa.

Männer beim Verlegen des Transatlantik-Kabels auf der *Great Eastern.*

Transatlantik-Kabel
Zu Vernes Zeit wurden Nachrichten zwischen Amerika und Europa per Telegraf geschickt – über das Transatlantik-Kabel, das 1863 und 1866 von dem Dampfschiff *Great Eastern* aus auf dem Meeresboden verlegt wurde.

Danach sahen wir Käpten Nemo kaum noch. Während wir dem Golfstrom in Richtung Europa folgten, war die Stimmung auf der *Nautilus* düster. Ned kam eines Tages voller Sorge zu mir.

»Ich fürchte, wir befinden uns auf dem Weg zum Nordpol«, sagte er. »Jetzt sind wir schon fast bei Kanada. Ich möchte, dass Sie den Käpten bitten uns freizulassen.«

»Ich werde ihn morgen fragen«, versprach ich.

»Heute«, drängte Ned.

Er ließ mir keine Wahl. Ich suchte Käpten Nemo auf. Er arbeitete in seiner Kabine und war über die Störung gar nicht erfreut.

»Dieses Buch, an dem ich arbeite, beinhaltet meine Lebensgeschichte und meine Forschungsarbeiten. Es wird in einer wasserfesten Kiste versiegelt und der letzte Mann, der von Bord geht, wird es ins Meer werfen.«

»Dann werden all die wunderbaren Geheimnisse für immer verloren gehen. Geben Sie mir das Buch und lassen Sie uns gehen.«

»Niemals!«

»Dann wollen Sie uns hier also für immer festhalten?«

»Diese Frage habe ich Ihnen schon vor sieben Monaten beantwortet!«, sagte Nemo und sein Gesicht verzog sich vor Zorn.

»Als Gefangene haben wir auch das Recht auszubrechen!«

»Habe ich das je bestritten?«, fragte er ungehalten.

Es hatte keinen Sinn noch etwas zu sagen. Ned wollte unbedingt in dieser Nacht fliehen. Doch der Wind war den ganzen Tag über immer stärker geworden und es regnete in Strömen. Als wir auf der Höhe von Long Island waren, zog ein fürchterlicher Hurrikan auf und machte jeden Gedanken an Flucht unmöglich. Käpten Nemo stand an Deck, inmitten des tobenden Sturms, der flackernden Blitze und der haushohen Wellen. Er schien die Elemente herausfordern zu wollen ihn zu zerstören. Ich leistete ihm eine Weile Gesellschaft – allerdings sicher an der Reling festgebunden. Aber als ein Blitz einzuschlagen drohte, floh ich nach unten. Es war Mitternacht, als Nemo hinunterkam und den Befehl gab abzutauchen.

Ich war überrascht, dass unter den Wellen nichts von dem Sturm zu spüren war, der oben tobte. Er hatte uns weit vom Festland abgetrieben. Die *Nautilus* blieb unter Wasser und folgte dem Transatlantik-Kabel, das Amerika und Europa miteinander verband. In den folgenden Tagen sahen wir Nemo seltener denn je.

Käpten Nemo stand an Deck, inmitten des tobenden Sturmes, als ob er die Elemente herausfordern wollte ihn zu zerstören.

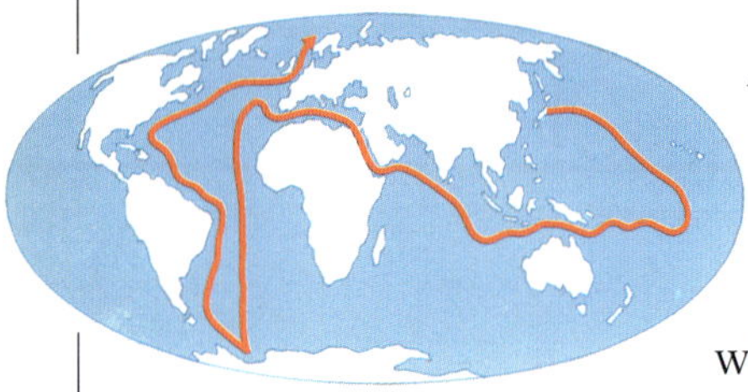

20.000 Meilen

Als wir uns Europa näherten, kreiste die *Nautilus*, als ob sie etwas suchte. Als wir schließlich auftauchten, sah ich Käpten Nemo an Deck unsere Position peilen. Er senkte seinen Sextanten, sagte: »Hier ist es«, und winkte uns ihm zu folgen. Die *Nautilus* tauchte unter und die Fenster im Salon öffneten sich. Ich sah den riesigen Rumpf eines gesunkenen Schiffes.

»Auf diesem Schiff«, erklärte Nemo, »segelten einst die mutigsten Männer der französischen Marine. 356 Matrosen gingen 1734 lieber mit ihrem Schiff unter, als sich den Engländern zu ergeben. Die Flagge ans Achterdeck genagelt gingen sie mit dem Schrei ›Lang lebe die Republik!‹ unter.«

»Dann ist das die *Avenger*!«, rief ich.

»Ja, die *Avenger*! Die Rächerin. Ein guter Name!«, murmelte Nemo und verschränkte die Arme.

Als wir einige Minuten später wieder auftauchten, wurden wir von einem dumpfen Knall empfangen. Ich war gerade an Deck gekommen.

»Was war das?«, fragte ich Conseil und Ned.

»Ein Kanonenschuss!«, rief Ned und deutete aufgeregt auf das Kriegsschiff, das mit Volldampf auf uns zukam. Es zeigte keine Flagge.

»Ich hoffe, es versenkt diese verdammte *Nautilus*!«, sagte Ned.

Es gab einen weiteren Knall und einen Augenblick später wurden wir von der durch eine Explosion aufschäumenden Gischt durchnässt.

»Die halten uns bestimmt für das Seeungeheuer!«, rief Conseil.

»Sehen die nicht, dass hier Männer an Deck sind?«, fragte ich.

»Vielleicht gerade deshalb!«, sagte Ned.

So musste es sein! Mittlerweile war es sicher weltweit bekannt, dass das Ungeheuer in Wirklichkeit ein Unterseeboot war. Bestimmt waren alle Länder hinter uns her! Jetzt wurde mir klar, was dem Mann, den wir auf dem Korallenfriedhof beerdigt hatten, zugestoßen war. Während wir damals betäubt schliefen, hatte Nemo ein Schiff gerammt

Kriegsschiffe in einer Seeschlacht

Seeschlacht

Die *Avenger* war ein französisches Kriegsschiff, das viele blutige Schlachten gegen die Briten geschlagen hatte. Anstatt sich zu ergeben, ging die Crew lieber mit dem Schiff unter.

und versenkt. Ned winkte dem herannahenden Kriegsschiff. Käpten Nemo schlug ihn nieder.

»Sie Narr!«, rief er. »Wollen Sie das nächste Opfer sein?« Er wandte sich zu dem geheimnisvollen Schiff. »Verdammtes Land!«, rief er. »Du weißt genau, wer ich bin! Und ich brauche keine Flagge, um zu wissen, wer du bist!«

Der Kapitän hisste seine Flagge. Eine weiterere Kugel traf den Rumpf der *Nautilus*, prallte ab und versank im Meer.

»Unter Deck!«, befahl Nemo. »Ich werde dieses Schiff versenken!«

»Nein!«, rief ich.

»O doch! Wagen Sie nicht mich zu verurteilen! Ich bin das Gesetz und der Richter! Ich bin der Unterdrückte und da ist der Unterdrücker. Durch ihn habe ich alles verloren, was ich liebte: Land, Frau, Kinder, Vater und Mutter! Und alles, was ich hasse, ist da drüben!«

Nemo griff das Schiff nicht sofort an. Stattdessen lockte er es weg. Ich verstand: Er wollte nicht, dass sich seine Überreste mit denen der *Avenger* vermischten.

Ned drängte wieder zur Flucht und ich musste ihm Recht geben. Aber gerade als wir uns an Deck schleichen wollten, tauchte die *Nautilus* ab. Einige Meter unter der Wasseroberfläche beschleunigte sie, zitternd wie ein Lebewesen. Eine heftige Erschütterung ging durch die *Nautilus*, als sie durch das Kriegsschiff fuhr wie eine Nadel durch ein Stück Stoff. Ich rannte zum Salonfenster. Das sinkende Schiff war nur wenige Meter entfernt. Es war ein furchtbarer Anblick, aber ich konnte den Blick nicht abwenden. Im Wasser waren lauter Ertrinkende. Plötzlich explodierte das Kriegsschiff. Das Fenster schloss sich.

Ich ging in Käpten Nemos Kabine. Er saß da und starrte traurig auf das Porträt einer jungen Frau und zweier Kinder. Er drückte das Bild an die Brust und fiel schluchzend auf die Knie.

N

Der Rächer

Nemo hatte alles durch eine feindliche Nation verloren, deren Identität Verne nicht enthüllt. Nemo sieht sich selbst als Rächer seines Landes und seiner Familie.

Er saß da und starrte traurig auf das Porträt einer jungen Frau und zweier Kinder.

Es graute mir vor Käpten Nemo. Was immer man ihm angetan hatte, woher nahm er das Recht zu einer derartigen Rache? Schlimmer noch, er hatte mich zu einem Zeugen, wenn nicht sogar Komplizen gemacht. Das war mehr, als ich ertragen konnte. Ich überließ ihn seinen Tränen.

Wohin würde die *Nautilus* jetzt fahren?, fragte ich mich. Ich wusste nur, dass wir mit Höchstgeschwindigkeit nach Norden fuhren. Eines Nachts weckte mich Ned aus meinen Alpträumen und flüsterte: »Wir fliehen!«

Die Nautilus *drehte sich wie ein Kreisel und wurde nach unten gezogen – und wir mit ihr.*

»Wann?«

»Heute Nacht!«

Ned sagte, es sei Land in der Nähe – wenn er auch nicht wusste, welches. Er wollte das Beiboot der *Nautilus* nehmen. Essen und Wasser hatte er schon eingeladen. Die See war rau, aber er sah keine Probleme. Die Mannschaft stand noch unter dem Eindruck der Schlacht und achtete nicht auf uns. Nemo hatten wir auch schon seit geraumer Zeit nicht mehr gesehen.

»Ich bin bereit«, sagte ich entschlossen.

Während Ned und Conseil an Deck gingen, wollte ich einen letzten Blick auf die *Nautilus* und ihre Schätze werfen. Ich hörte Orgelmusik. Käpten Nemo war im Salon und spielte eine Melodie von unendlicher Traurigkeit. Wenn er mich jetzt sähe, wären unsere Fluchtpläne vereitelt.

Doch als ich durch den Raum ging, hätte ich genauso gut unsichtbar sein können. Ich wollte gerade die Tür zur Bibliothek öffnen, als Nemo aufhörte zu spielen. Tränen liefen ihm übers Gesicht und er schluchzte: »Allmächtiger Gott! Genug! Genug!«

Das waren die letzten Worte, die ich von ihm hörte. Ich eilte hoch an Deck, wo Conseil und Ned das Boot bereithielten. Wir kletterten hinein und Ned wollte das Boot zu Wasser lassen. Die See war in Aufruhr. Riesige Wellen brachen um uns herum.

»Es ist der Mahlstrom!«, rief ich.

Jetzt wusste ich, wo wir waren: vor der Küste Norwegens, wo Gezeiten und Strömungen riesige Strudel verursachen, zum Teil so stark, dass sie auch großen Schiffen gefährlich

Der Mahlstrom
Der Mahlstrom ist eine starke kreisförmige Strömung vor der Küste Norwegens. Schiffe können in Seenot geraten, wenn sie hineinfahren.

werden. Die *Nautilus* war in diesen riesigen Trichter hineingeraten. Sie drehte sich wie ein Kreisel und wurde jetzt nach unten gezogen – und wir mit ihr.

»Wartet!«, rief Ned, »wenn wir auf der *Nautilus* bleiben, sind wir vielleicht sicher …« Aber ehe er den Satz beenden konnte, wurde das Beiboot von der *Nautilus* weggestoßen wie ein Stein von einer Schleuder. Etwas traf mich am Kopf und ich verlor das Bewusstsein. Als ich wieder zu mir kam, waren wir an Land. Ein norwegisches Fischerboot hatte uns gerettet.

Während wir auf das Dampfschiff warteten, das uns nach Hause bringen sollte, fragte ich mich, was wohl aus der *Nautilus* geworden sein mochte. Ob sie dem Strudel hatte entkommen können? Ob Käpten Nemo noch lebte? Ob er weiterhin seine schreckliche Rache nahm? Ob die Wellen uns je das Tagebuch mit seinen Geheimnissen bringen werden? Ich hoffe es. Ich hoffe auch, dass die *Nautilus* und der Käpten unversehrt sind und dass der Wissenschaftler und Entdecker in ihm an die Stelle des Richters und Rächers getreten sind.

20.000 Meilen

Als Aronnax, Ned und Conseil in New York die *Abraham Lincoln* betreten, ahnen sie nicht, welch abenteuerliche Reise vor ihnen liegt. Keiner von ihnen erwartet, dass das Seeungeheuer ein U-Boot ist, geschweige denn, dass sie an Bord gehen werden. Auf der unzerstörbaren *Nautilus* machen die drei eine Reise von 20.000 Meilen (112.200 Kilometer) um die ganze Welt. Für Vernes Zeitgenossen war das unerhört, denn die weiteste Strecke, die ein U-Boot bis dahin je zurückgelegt hatte, war 27 Meilen (150 Kilometer).

Wer war Käpten Nemo?

Obwohl viele Hinweise gegeben werden, enthüllt Verne die Identität Nemos nicht, bis er 1875 *Die geheimnisvolle Insel* schreibt. Hier trifft der Leser den jungen Nemo: Prinz Dakkar, den Sohn eines indischen Radschas.

Käpten Nemo

Patriotischer Inder

Prinz Dakkar kämpft in seiner Jugend für die Unabhängigkeit Indiens von den Briten. In der Geschichte setzt die britische Regierung eine Belohnung für seine Ermordung aus. Als sich kein Verräter findet, werden Frau und Kinder des Prinzen an seiner Stelle getötet.

Indische Truppen rebellieren gegen die Briten.

Flucht ins Meer

Verzweifelt über diesen Verlust flieht Prinz Dakkar aus Indien. Auf einer einsamen Insel baut er die *Nautilus* und sticht in See. Als Käpten Nemo erforscht er die Meere und hilft anderen Freiheitskämpfern. Seine Rachegelüste gegenüber den Briten sind noch immer lebendig, deshalb versenkt er das Kriegsschiff.

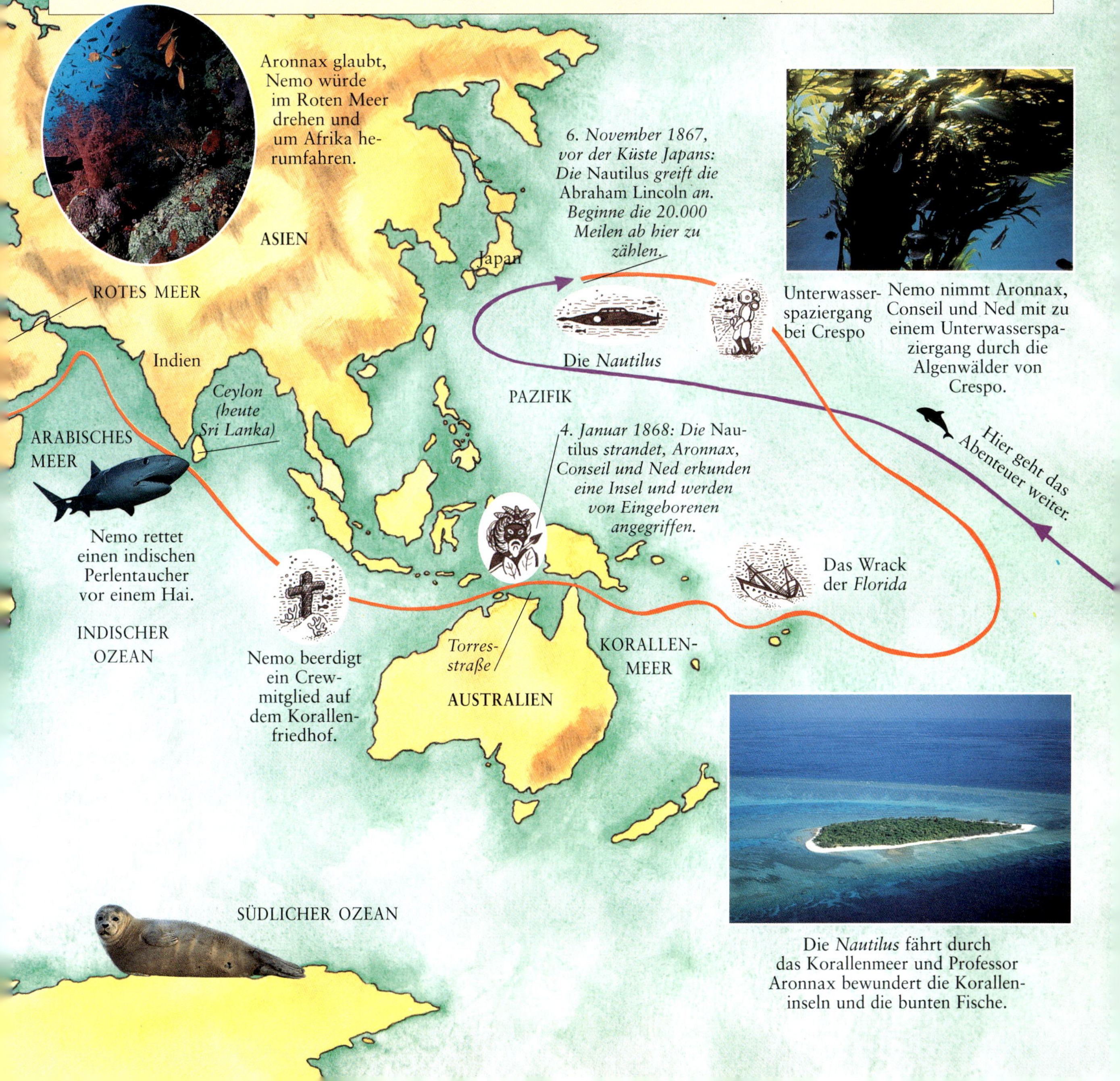

Aronnax glaubt, Nemo würde im Roten Meer drehen und um Afrika herumfahren.

6. November 1867, vor der Küste Japans: Die Nautilus *greift die* Abraham Lincoln *an. Beginne die 20.000 Meilen ab hier zu zählen.*

Unterwasserspaziergang bei Crespo

Nemo nimmt Aronnax, Conseil und Ned mit zu einem Unterwasserspaziergang durch die Algenwälder von Crespo.

4. Januar 1868: Die Nautilus *strandet, Aronnax, Conseil und Ned erkunden eine Insel und werden von Eingeborenen angegriffen.*

Nemo rettet einen indischen Perlentaucher vor einem Hai.

Nemo beerdigt ein Crewmitglied auf dem Korallenfriedhof.

Das Wrack der *Florida*

Die *Nautilus* fährt durch das Korallenmeer und Professor Aronnax bewundert die Koralleninseln und die bunten Fische.

Unterseeboote

Jahrtausendelang konnten die Menschen über das Leben in den Tiefen der Meere nur spekulieren. Tauchen konnten sie nur ein paar Meter tief. Technischer Fortschritt aber eröffnete die Möglichkeit Unterseeboote (U-Boote) zu bauen. Als Jules Verne 1870 *20.000 Meilen unter dem Meer* schrieb, hatte man schon erste Versuche unternommen. Vernes *Nautilus* inspirierte die Erfinder und nahm vieles von heutigen U-Booten vorweg.

Die ersten Unterseeboote

Für Unterwasserfahrten brauchte man eine wasserdichte Kammer. Das erste U-Boot wurde 1620 von dem Holländer Cornelius van Drebel gebaut. Es besaß Ruder und konnte nur 4 m tief tauchen. Bei den Nachfolgemodellen betätigte der Mann im Boot über eine Kurbelwelle die Schraube.

Unbekannte Tiefe
Alexander der Große (356–323 v.Chr.) ließ sich der Legende nach eine gläserne Tonne bauen, um die Wunder der Meere zu betrachten.

***Die* Turtle**
Das Einmann-U-Boot *Turtle* (»Schildkröte«) wurde im amerikanischen Unabhängigkeitskrieg 1775 eingesetzt. Es funktionierte unter Wasser, allerdings reichte die Luft in der Kabine nur für wenige Minuten.

***Vorbild für die* Nautilus**
Das 1864 erbaute französische U-Boot *Le Plongeur* wurde mit Pressluft angetrieben, doch die Luft ging schnell zur Neige. Wie Vernes *Nautilus* war das Gefährt mit einem Beiboot und einem Rammsporn ausgestattet.

Erfindungen zu Vernes Zeit

Um 1860 gab es schon verlässlichere U-Boote. Man erprobte Dampfmaschinen zum Antrieb, doch nach wenigen Kilometern war der Dampf aufgebraucht. 1886 wurde das erste elektrisch betriebene U-Boot erfunden. Es hieß ebenfalls *Nautilus*. Anders als bei Nemos *Nautilus* aber mussten die Batterien alle 130 km aufgeladen werden.

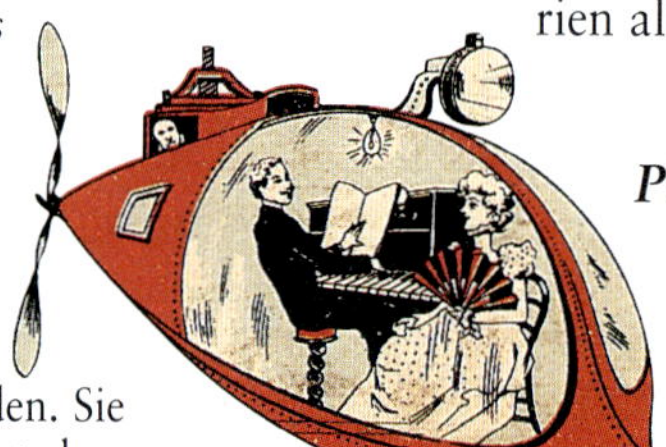

Phantastische Erfindungen
Das 19.Jh. war eine Zeit großer technischer Entwicklungen. Wissenschaftler, Künstler und Schriftsteller wie Verne träumten von Maschinen, die alles konnten.

***Die* Hunley**
Die *Hunley* war eines von mehreren U-Booten, die im amerikanischen Bürgerkrieg (1861–65) eingesetzt wurden. Sie sank mehrmals, noch ehe sie zum Einsatz kam. Als sie schließlich ein feindliches Schiff angriff, wurde sie selbst durch die Explosion zerstört.

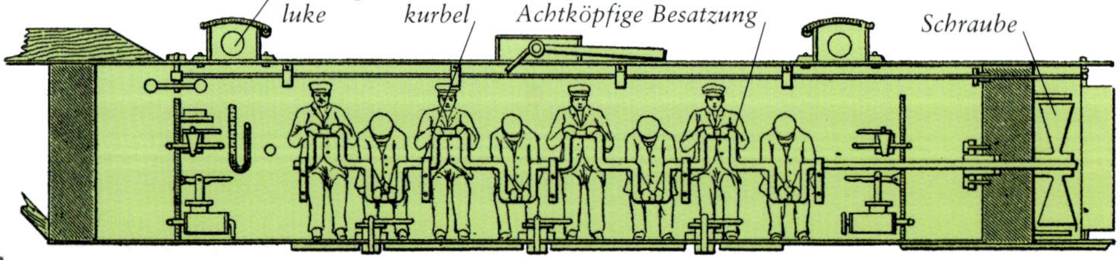

Wie tief geht es?

Schwammtaucher mit angehaltenem Atem: 15 m

Taucher mit Neoprenanzug und Pressluftflaschen: 50 m

JIM-Anzug: 400 m

Bisher tiefster Tauchgang mit von der Oberfläche zugeführter Luft: 500 m

Bathysphere von Barton und Beebe: 923 m

Zweimann-Tauchboot *Alvin*: 3810 m

Unbemannter Roboter *Jason Jr.*: 4000 m

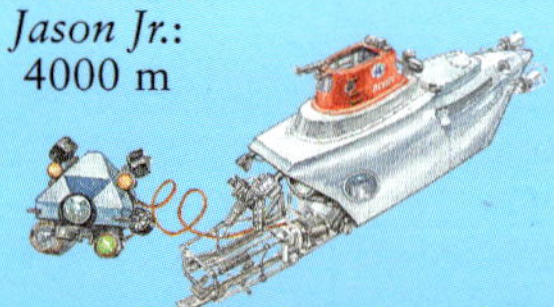

Französisches Tauchboot *Nautile*: 6000 m

Die *Trieste* hält den Tiefenrekord mit 10.911 m.

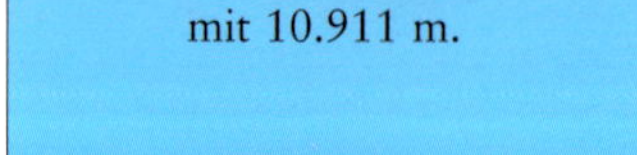

Nemos *Nautilus*: unmögliche 16.000 m

Das amerikanische Atom-U-Boot *USN Dallas*

Atom-U-Boote

Das erste Atom-U-Boot, die *USS Nautilus*, wurde 1954 von der US-Marine vom Stapel gelassen. Mit seinem eigenen Atomreaktor konnte es schnell schwimmen, tief tauchen und weite Strecken ohne Auftanken zurücklegen. Anders als Nemos *Nautilus* aber müssen Atom-U-Boote von Zeit zu Zeit einen Hafen anlaufen, um Versorgungsgüter aufzunehmen. Vernes *Nautilus* kann fast alles, was moderne Atom-U-Boote können, allerdings sind die mit Marschflugkörpern und Torpedos ausgestatteten modernen U-Boote wesentlich effektivere Kriegsmaschinen.

Im 20. Jahrhundert

Ab etwa 1900 entwickelte man U-Boote für den Kriegseinsatz und die Unterwasserforschung. In beiden Weltkriegen setzte man U-Boote ein. In Friedenszeiten brachten neue Entwicklungen neue wissenschaftliche Erkenntnisse. Heute gibt es noch antriebsstärkere U-Boote als Vernes *Nautilus*: Atom-U-Boote.

Bathysphere

Die Amerikaner William Beebe und Otis Barton entwickelten 1934 das erste Tauchboot für friedliche Meeresforschung: die *Bathysphere*. Beebe tauchte damit auf die damalige Rekordtiefe von 923 m. Er berichtete von so seltsamen Wesen, dass man ihm zuerst nicht glaubte.

Die Kugelform der Bathysphere *hielt dem hohen Wasserdruck in großer Tiefe stand.*

Tiefenrekord

Den Tiefenrekord hält Jacques Piccard mit der von seinem Vater Auguste entworfenen *Trieste*. 1960 tauchte er damit zum tiefsten Punkt der Erde, zum 10.911 m tiefen Grund des Marianengrabens im Pazifik (etwa 2000 m tiefer, als der Mount Everest hoch ist). Piccard berichtete von Leben im Marianengraben.

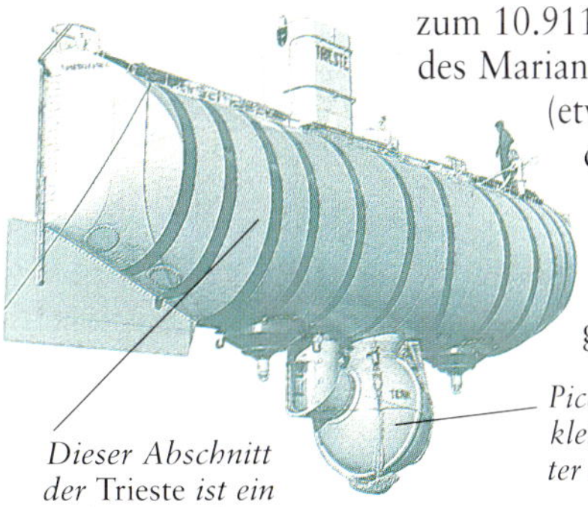

Dieser Abschnitt der Trieste *ist ein Auftriebstank. Er funktioniert im Prinzip wie ein Heißluftballon.*

Piccard saß in der kleinen Kugel unter dem »Ballon«.

Meeresforschung

Meere bedecken zwei Drittel der Erdoberfläche, doch bisher sind nur etwa zwei Prozent davon erforscht. Jahrhundertelang beruhte das Wissen über das Leben im Meer auf Fängen von Fischern und an Land gespülten Tieren.

Verne studierte stundenlang Zeichnungen wie diese der Koralle von Marsigli.

Pioniere der Wissenschaft

1725 führte der Italiener Marsigli erste wissenschaftliche Meeresbeobachtungen durch. Über 100 Jahre später, 1861, erstellte Matthew Maury auf der Grundlage der Beobachtungen von Schiffen eine Karte der Meeresströmungen und Winde.

Geburt der Ozeanographie

Die wissenschaftliche Meereskunde begann 1872 mit einer vierjährigen Forschungsreise des englischen Forschungsschiffs *Challenger*. Die Beobachtungen von Meeresströmungen, Temperaturen und Lebewesen füllten 50 Buchbände, die noch heute benutzt werden.

Das Tauchboot *Alvin* half 1985 bei der Untersuchung des Wracks der *Titanic*.

Zum tiefsten Grund

In den 1960er-Jahren wurden kleine Tauchboote entwickelt. Damit konnte man in Meerestiefen vordringen, in denen herkömmliche U-Boote zerquetscht worden wären.

Vernes Visionen

Jules Verne (1828–1905) war fasziniert von Grenzen. Obwohl er selbst nicht viel reiste, erkundeten seine Figuren die ganze Welt, den Weltraum, den Mittelpunkt der Erde und die Tiefen der Meere. Er stellte sich einfach vor, wie es dort aussehen müsse, und mit seinen wissenschaftlichen Kenntnissen schaffte er eine neue Art Literatur, die wir Sciencefiction nennen. Verne war seiner Zeit weit voraus und es überrascht oft, wie genau er das Leben in der Zukunft vorhersagen konnte. Viele seiner Maschinen sind inzwischen von Wissenschaftlern entwickelt worden.

In 80 Tagen um die Welt (1873) regte Abenteurer zur Nachahmung an. Am Ende von Vernes Leben lag der Rekord bei 54 Tagen.

Literarischer Erfolg
Vernes Geschichten wurden zuerst in einer Zeitschrift abgedruckt und dann in schöne Lederausgaben gebunden.

SCIENCEFICTIONAUTOR

Genau wie Nemo liebt Verne das Meer. Er wurde in Nantes geboren, an der französischen Küste, und wollte als Junge zur See fahren. Sein Vater ließ ihn Jura studieren, doch Verne wollte Schriftsteller werden. Der Erfolg kam 1856: *Fünf Wochen in einem Ballon* wurde in einer Zeitschrift abgedruckt. Es war der erste von über sechzig Romanen.

Begnadeter Geschichtenerzähler
Vernes Geschichten entführen seine Leser an aufregende, unbekannte Orte. Diese Karikatur zeigt Verne, wie er sich an den Globus lehnt, den Mond in der Hand hält und davon träumt, ferne Welten zu erforschen.

Vernes Globus

Um die ganze Welt
Der Geographie und Forschung galt Vernes große Liebe. Er hatte einen Globus auf seiner Yacht, wo er viele seiner Romane geschrieben hat. Verne reiste auf den Spuren so mancher seiner Figuren.

Zu Hause
1856 heiratete Verne eine junge Witwe mit zwei Kindern. Sie hatten noch einen gemeinsamen Sohn und lebten in diesem Haus in Amiens, Nordfrankreich. Um diese Zeit reiste Verne auf der *Great Eastern* nach Amerika. Verne starb 1905 in Amiens.

Aufregende Abenteuergeschichten
Als Verne bekannter wurde, veröffentlichte sein Verleger eine Sammlung seiner Werke unter dem Titel *Voyages extraordinaires* (»Ungewöhnliche Reisen«). Diese Postkarte zeigt Verne eingerahmt von zwei bekannten Szenen aus *20.000 Meilen unter dem Meer* und *Die geheimnisvolle Insel*.

Die Zukunft der Meere

Verne wäre überrascht, wie viel es heute noch über die Meere zu lernen gibt. Diese riesigen Ressourcen könnten Quellen für neue Arzneien, Nahrung, Wasser und Wohnraum sein. Aber die Meere sind durch Überfischung, Tourismus und Verschmutzung stark belastet. Jetzt versucht man die Meere durch internationale Gesetze zu schützen.

Zuckertangernte

Nahrung aus dem Meer

Die Crew der *Nautilus* ernährte sich ganz und gar aus dem Meer. Verne hat damit vorausgesehen, dass eines Tages im Meer ebenso Tiere gezüchtet würden wie auf dem Land. Fisch und Austern werden heute schon gezüchtet, Zuckertang wird angebaut.

Unterwasserwelten

Als 1955 Jacques Cousteaus Film *Die schweigende Welt* uraufgeführt wurde, sahen die meisten Menschen zum ersten Mal Bilder aus den Tiefen der Meere. Cousteaus Filme machten den Menschen klar, wie wichtig es ist unsere wertvollen Meere zu schützen.

Wenn Vogelfedern mit Öl verschmutzt werden, sind sie nicht mehr Wasser abweisend. Sie saugen sich voll Wasser und die Vögel ertrinken.

Bedrohte Arten

Durch Tankerunglücke und Müll, der im Meer entsorgt wird, sterben Tiere und Pflanzen im Meer. Die Nahrungskette wird gestört. Wenn Plankton oder kleine Fische vergiftet sind, werden auch Raubfische und Menschen davon bedroht.

Actionfilme

Vernes Sciencefictionromane sind guter Stoff für Actionfilme. Dieses spanische Plakat des preisgekrönten Disneyfilms *20.000 Meilen unter dem Meer* von 1954 zeigt die *Nautilus* und ihre Crew bei einem Unterwasserspaziergang.

Brettspiele

In diesem Brettspiel von Walt Disney geht es darum, die *Nautilus* vor den beweglichen Kriegsschiffen in Sicherheit zu bringen.

Furcht erregende Riesen

Vernes Bücher haben Filmemacher inspiriert seltsame Monster zu erfinden, wie dieses aus der Verfilmung von *Die geheimnisvolle Insel* von 1960 (rechts). In dieser Szene hält ein Tintenfisch einen Mann in seinen Fangarmen – genau wie in *20.000 Meilen unter dem Meer*.

Bildnachweis

o=oben, u=unten, m=Mitte,
l=links, r=rechts

AKG London: 8ml.
Bryan & Cherry Alexander: David Rootes 46ul.
Ancient Art & Architecture: 40ml.
Ardea London: John Clegg 45mr; François Gohier 45or; Jean Michel Labat 44ol; Ron & Valerie Taylor 45ol.
Associated Press AP: Martin Hunter 50ul.
The Bridgeman Art Library London/New York: Bibliothèque Royale de Belgique, Brüssel: *Alexander der Große (356-323)* aus *L'Histoire du noble et valliant roy Alixandre le Grant* (1506) 60or; Private Sammlung: Howard Davie: *Sir Henry Havelock (1795-1857) at the Relief of Lucknow* (1857) aus *Heroes of History* von Raphael Tuck & Son Limited 59om.
British Museum: 39mr.
Bruce Coleman Collection: Peter Evans 59ol.
Corbis: James Amos 16ur; Jonathon Blair 37ur; UPI 61m.
ET Archive: 6ol, 54ul.
Mary Evans Picture Library: 12ol, 21ol, 32ur, 37mr, 52ul, 60u, 60ml.
Sammlung von Count Gondolo della Riva, Italien: 21ur, 59or, 60mu, 62, 63ml, mr.
Ronald Grant Archive: *The Silent World* 1956 © Jacques-Yves Cousteau 63om, *The Mysterious Island* 1961 © Columbia Pictures 63ur.
The Image Bank: 27or; Steve Grubman 34ml; Jeff Hunter 1m.
Frank Lane Picture Agency: Treat Davidson 43ur; S. Jonasson 40ol; Silvestris 57or; D.P. Wilson 32ml.
Museum of London: 39mr.
Musée du Scaphandre, Espalion, Frankreich: L. Cabrolié 21m, 21mr.
NHPA: 23or; James Carmichael 23mr; Kevin Schafer 28ol; David Woodfall 58mr.
National Trust Photographic Library: Andreas von Einsiedel 14ol.
Natural History Museum: Frank Greenaway 46ml; Harry Taylor 7ur.
National Maritime Museum: James Stevenson 9or, 16uml, 16or.
Oxford Scientific Films: Gary Bell 45ur; Raymond Blythe 38ml; Peter Parks 44or.
Pictor International: 25ur, 59ur.
Planet Earth Pictures: Kurt Amsler 21um; Gary Bell 25mr, 30ol, 38ul; Mark Conlin 22ol, 59mr; Georgette Douwma 32ol; Krafft 43mr; Robert Lureit 63ol; Pete Oxford 58ur; Doug Perrine 34ul, 59uml; Linda Pitkin 59ml; P Rowlands 24ol; Henwarth Voigtmann 43or.
RSPB Images: Steve Omerod 63or.
Royal Navy Submarine Museum: 21ur.
Science Museum: 17or.
Still Pictures: Fred Bavendam 44om.
Tony Stone Images: 48ol; Mike Stevens 58ml; Hans Strand.
TRH Pictures: 61ol.
Wildlife Conservation Society, Bronx Zoo, New York: 61or.
World Pictures: 36ul.

Einband: **Sammlung von Count Gondolo della Riva, Italien:** vorne ol.
The Image Bank: Jeff Hunter hinten ol.
The National Maritime Museum: James Stevenson vorne or.

Karten / Zusätzliche Illustrationen: Lorraine Harrison, Sallie Alane Reason, Stephen Raw, Eugene Fleury, Richard Orr.

Zusätzliche Fotografien: Andy Crawford, Ray Moller, James Stevenson, Dave King, Alex Wilson, Tina Chambers, Gary Ombler.